LA CONJURATION

Du même auteur

Journal intime d'une prédatrice, Paris, Fayard, 2010.
Journal intime d'un marchand de canons, Paris, Fayard, 2009.
Un livre blanc, Paris, Fayard, 2007.
Bandes alternées, Paris, Fayard, 2006.
Carte muette, Paris, Fayard, 2004 ; Pocket, 2006.
Exemplaire de démonstration, Paris, Fayard, 2003 ; Pocket, 2005.

Philippe Vasset

La conjuration

Roman

Fayard

ISBN : 978-2-213-67246-5
Couverture : conception graphique © Cheeri
Photo : Russie, 1992. © Alexey Titarenko, 2013.

I

« Pour les systèmes philosophiques, le vrai Paris les accueille tous. On peut soutenir dans ses murailles et sur les pas-perdus de ses promenades que Dieu est et qu'il n'est pas, ou qu'il est tout [...]. Cette facilité attire dans son enceinte toute espèce de rêveurs, de fondateurs de religions, d'apôtres de cultes et de blasphèmes nouveaux. Il n'est pas de si absurde hallucination, enfantée dans une veille de famine et de folie, qui ne puisse compter à son arrivée dans la capitale sur deux ou trois sectateurs au moins. »

Paul-Ernest de Rattier, *Paris n'existe pas* (1857)

1

Pour un retour au pays, ça manquait de drame : après trois ans d'exil, c'est à bord d'une petite vedette ballottant sur les eaux du canal Saint-Denis que je revenais à Aubervilliers.

À la fin des années 2000, les Magasins généraux de cette banlieue avaient constitué pour moi une sorte de principauté. Délaissées, les hautes structures de métal rouillé et de béton vieilli s'élevaient au milieu d'une aire livrée à la seule société des papillons. Deux pièces d'eau en défendaient l'accès : le canal Saint-Denis à l'est et un vaste bassin, dit « des Entrepôts », au sud. À l'intérieur, on était comme sur un de ces bancs de sable que la sécheresse fait apparaître, l'été, au milieu des grands fleuves. Hypnotisé par le ressac de la circulation sur le périphérique tout proche, on laissait la ville devenir pur spectacle, échange de masses et de couleurs débarrassé de signification.

J'avais vécu de longs mois dans l'illusion un peu naïve que j'étais le seul à connaître ce site, découvert, comme tant d'autres, en explorant les zones laissées blanches sur la carte de l'Île-de-France (n° 2314 OT) éditée par l'Institut géographique national (IGN). La plupart de ces terrains étant à l'abandon, je m'en étais octroyé la jouissance et les considérais comme des domaines personnels, des sortes de parcs privés où je pouvais me rendre en villégiature et convier mes amis. Outre les Magasins d'Aubervilliers, j'avais également annexé, me servant de ma carte IGN comme d'un plateau de Monopoly, une petite forêt coincée entre l'A86 et le cimetière de Chevilly-Larue, et un immense périmètre à Villeneuve-la-Garenne, autour de la station de réception du gazoduc Le Havre-Paris.

Je n'avais aucune prétention territoriale ou politique en prenant le contrôle de ces parcelles : j'ai toujours préféré les princes d'opérette aux dirigeants dûment élus, et les républiques imaginaires aux États immuables. Il n'entrait pas dans mes intentions de fonder une « zone autonome de Paris » ou quoi que ce soit de ce genre (pour quoi faire, de toute façon ? Les seules réformes que j'aurais éventuellement souhaité introduire en ces lieux, à savoir la dépénalisation de la prostitution et celle de toutes les drogues, y étaient en vigueur bien longtemps avant que je ne me manifeste). C'était une collection de terriers enchantés où, périodiquement, je me faisais lapin d'Alice.

Au fil des années, certains de ces endroits se sont transformés en véritables déserts de Retz parsemés d'attractions éphémères et baroques. J'y découvrais des tours d'aiguillage aux issues murées mais dont les verrières, certaines nuits, s'illuminaient de brusques et mystérieux incendies ; d'anciennes cabanes transformées en scènes d'exhibition où des couples s'étreignaient sous les regards de voyeurs anonymes postés derrière les parois de planches trouées ; des grottes de pierre où des rongeurs invisibles faisaient craquer la brindille des seringues usagées ; des transformateurs minutieusement dépouillés de la moindre pièce métallique et dont la silhouette régulière prenait, au crépuscule, des airs de temples antiques ; des excroissances végétales poussant hors d'atteinte, sur des murs ou des corniches, et auxquelles mon imagination attribuait des pouvoirs alternativement hallucinogènes, médicinaux ou au contraire toxiques ; et des terrasses de béton graffitées où titubaient, à l'aube, des noctambules attendant que le soleil se lève.

Vivant sur chacun de ces lieux des vies parallèles et rêvées, je ne supportais pas que l'on comble les places vides qu'ils formaient sur les cartes. Mais le mouvement de l'expansion urbaine allait dans un sens strictement opposé à mon désir et, sous l'inflation des projets immobiliers, mes repaires disparaissaient les uns après les autres.

Ainsi, fin 2007, la majestueuse carcasse des Moulins de Pantin, le long du canal de l'Ourcq, s'est mise à résonner sous les coups des pelleteuses : ayant racheté le site pour y installer son siège, BNP Real Estate, filiale de la banque éponyme, faisait place nette. Au milieu des gravats, il n'est bientôt resté que la grande tour carrée aux airs de clocher et les deux magnifiques silos aux toits en croupe, reliés entre eux à plus de 30 mètres de hauteur par une passerelle portant l'inscription « Grands Moulins de Paris » (j'avais toujours rêvé d'y grimper : maintenant, c'était cuit).

À l'été 2009, la gare abandonnée d'Auteuil, dernière station sur le parcours de l'ancien chemin de fer dit de la Petite Ceinture, a elle aussi été démolie : on allait construire des HLM à la place (fort heureusement, l'activisme procédurier des riverains, effrayés à l'idée qu'un afflux de pauvres ne fasse chuter le prix de leur appartement, a bloqué les travaux pendant plusieurs années, laissant la zone ouverte à tous les vents et perpétuellement encombrée de pièces d'échafaudage attendant d'être montées).

La même année, une route goudronnée, puis d'autres sont venues séparer en parcelles

les hautes herbes bruissantes du grand terrain vague situé au nord de Villeneuve-la-Garenne, rebaptisé pour l'occasion (ce sont des panneaux de contreplaqué plantés à la hâte sur le site qui me l'ont appris) « Zone d'activité commerciale des Chanteraines ». Bientôt doté d'un parking et d'une rampe d'accès, ce site, où j'avais été surpris quelques années auparavant par un renard, s'est couvert en quelques mois de lampadaires, puis de bancs et d'armoires électriques. On y a creusé des bassins et disposé tout autour les sièges sociaux de Chèque Déjeuner, de DHL et du centre départemental du permis de conduire. C'est également à cette période que les Magasins généraux d'Aubervilliers ont été rasés.

N'ayant pas le pouvoir d'endiguer cette prolifération, je tentais néanmoins de préserver le souvenir de mes anciens domaines, me persuadant que, malgré la frénésie d'aménagement partout perceptible, les décors que j'aimais avaient été miraculeusement préservés, voire s'étaient compliqués de bizarreries nouvelles. Je me cramponnais à cette idée et m'épuisais dans un déni ridicule alors que, partout, ma défaite était patente. Il suffisait de rouler sur le périphérique pour voir, à Pantin, à Aubervilliers, mes anciens fiefs envahis par les grues, les Algeco et les citernes à béton. J'étais désormais otage d'une ville bornée, métrée, étalonnée.

Disposer, tel Fantômas, de cachettes secrètes dans Paris ne participait pas seulement d'un plaisir puéril (même si un tel sentiment entrait, il faut bien l'avouer, pour une part notable dans la joie que me procurait ma collection de portes dérobées). Plus obscurément, cela m'avait permis de maintenir pendant des années mon existence en suspens, de considérer qu'elle n'était, après tout, qu'un choix parmi d'autres, que rien n'était définitif et la fuite toujours possible. Grâce à mes issues de secours disséminées dans la ville, j'avais vécu plusieurs vies sans jamais être contraint d'en choisir une, passant de l'une à l'autre par un simple pas de côté. J'avais semé les raseurs et improvisé, pour peu qu'elles aient le goût des ruines et des arbres à papillon, des abris pour mes rencontres amoureuses. J'avais disparu des jours entiers et multiplié à l'envi les fréquentations les plus douteuses. Chaque journée n'avait jamais été pour moi qu'un tableau, une scène d'un drame auquel j'étais absolument étranger et que j'avais traversé de la cour au jardin, m'amusant d'un détail, d'une complication imprévue, puis m'éclipsant aussitôt que le spectacle me lassait.

Durant près de dix ans (j'approchais la quarantaine), j'avais ainsi sillonné Paris comme si la ville n'était, telle l'Europe du XVIIIe siècle, qu'un morcellement infini de royaumes et de principautés où se réinventait sans cesse tout un peuple d'usurpateurs. Me préoccupant uniquement de découvertes et de sensations nouvelles, j'avais ondoyé sur les eaux les plus diverses, croisant les personnages les plus inattendus et écoutant, aux portes, sur les terrasses et dans les salons, toutes les conversations que je pouvais capter (vérifier le moindre détail du plus anecdotique récit, retrouver les noms, les lieux, et recouper les témoignages m'occupait des jours entiers).

L'extrême discrétion avait été mon hallucinogène : insensibilisé, effacé jusqu'à la catalepsie, c'était comme si j'avais disposé du pouvoir de sortir de moi-même pour mener d'autres existences, les yeux grands ouverts.

Ayant découvert que l'on avait muré mes passages secrets les uns après les autres, j'étais accablé d'un poids infini. Je me retrouvais pris dans la nasse d'une vie étrangère, une vie où il faut voter, travailler et aimer, une vie où l'on est tenu de s'engager, de prendre ses responsabilités et d'avoir des opinions, une vie régie par les règles de la propriété et du respect de la vie privée, une vie d'horaires, de rendez-vous et de tâches à effectuer. Fini de jouer : c'était ici et maintenant que les choses se passaient. J'étais prié de faire des choix.

Je fis tout mon possible pour garder la tête froide et ne pas céder à la panique. Cherchant fébrilement une sortie, je me replongeai dans les cahiers où, depuis l'adolescence, je collectionne les lieux comme autant de plantes séchées, avec une préférence marquée pour l'inutile, le caché et le transitoire. Sur des centaines de feuilles à petits carreaux format moyen (17 × 22 cm) s'alignent au feutre noir les adresses de voies invisibles (tel le passage du Plateau, dans le XIXe arrondissement, entre la rue éponyme et la rue du Tunnel) ; de marchés aux voleurs, de zones d'exhibition et de rendez-vous de comploteurs, qu'ils soient radicaux, adolescents ou velléitaires. J'ai également consigné la localisation de balcons à voyeurs, ces points de vue placés en vis-à-vis de salles de bains ou de terrasses et qui permettent, si l'on est suffisamment opiniâtre, d'entrevoir des créatures qui jamais ne daignent descendre dans les rues ; de portails condamnés, de fenêtres murées et d'avis d'expulsion placardés mais jamais exécutés ; d'immeubles à double entrée, ces bâtiments qui, dans les romans policiers, permettent aux malfaiteurs de semer leurs poursuivants en entrant par une issue et en ressortant par l'autre ; de chapelles en ruine (très rares – la dernière que j'avais vue se trouvait aux Lilas) et de ponts de chemin de fer désaffectés.

À mon grand désespoir, mon cabinet de curiosités à l'échelle 1/1 ne fut d'aucun secours : tout y était mort, les serrures faussées et les adresses périmées. Avec une persévérance de prospecteur, je continuais néanmoins à traquer la moindre faille, le plus infime écart dans le dessin des rues, remontant, à pied, les berges du canal Saint-Denis ou bien longeant les bas-côtés de l'A86 (j'avais repéré en empruntant, près du Stade de France, la bretelle d'accès de cette autoroute une floraison de beaux genêts sauvages entre le bitume et les quais de Seine). Mais j'eus beau prendre les voies à l'envers, ignorer la signalisation et violer avec constance tous les interdits, la ville refusait désormais de se livrer. Aucun incident ne venait troubler le grand silence étranglé des centres urbains rénovés, et les rues baignaient dans une transparence carcérale.

Mes journées s'allongèrent jusqu'aux limites du supportable. Du temps de mes perpétuelles fugues, je vivais d'éphémères contributions à des magazines et de travaux de recherche pour des cabinets de détectives d'entreprise. Ces activités saisonnières suffisaient largement à couvrir mes besoins, et quand, par malchance, l'argent manquait, j'allais attendre des jours meilleurs dans une de mes cachettes. Avant que ses planchers ne crèvent, j'ai ainsi passé un très bel été à Saint-Denis, au 72 de la rue Charles Michels, dans une villa en ruine protégée de hauts arbres et rafraîchie par le canal, qui coule en contrebas.

Désormais séquestré dans la ville, je ne pouvais plus me contenter de vivre d'expédients :

il fallait coûte que coûte cantiner pour rester à l'abri. Mais, dans Paris aménagé, toute évasion était désormais impossible. Je me résolus à chercher un travail. N'ayant à offrir que des connaissances encyclopédiques en matière de terrains vagues, ainsi que des capacités – d'ailleurs toutes relatives – pour l'enquête et l'écriture, je ne réussis évidemment pas à intéresser le moindre employeur. Mes tentatives pour me constituer un « cercle d'amis » – mes connaissances n'avaient été, jusqu'ici, que de hasard – furent tout aussi désastreuses : privé de la moindre possibilité de retrait, participer à une conversation, se montrer aimable, voire entretenir une simple relation amicale me demandait trop d'effort. Sans arrière-plan, tout m'était caquetage et agression permanente.

J'essayai de me lancer dans la rédaction d'un livre (j'en avais déjà écrit près d'une dizaine, principalement pour d'autres), espérant, par l'écriture, ouvrir de nouveaux espaces voués à la dépense et aux excès incandescents du hasard. Je fis les plans d'un roman policier, puis d'un récit autobiographique, mais ne parvins à mener aucun de ces deux projets au-delà de quelques pages : ma langue se trouvait affligée d'une pesanteur infinie, comme si elle aussi avait besoin, pour se déployer, de zones d'incertitude, comme s'il fallait que je m'efface pour pouvoir reprendre la parole, comme si je n'arrivais à m'exprimer que caché, dissocié de mon propre corps, et que le texte n'était possible que hors sol, hors limites. Écrire avait, pour moi, quelque chose à voir avec l'invisibilité : c'était disparaître pour n'être plus qu'une parole qui suinte des murs, un bourdonnement mêlé aux bruits de la ville, un goût de fumée affleurant soudain sur les lèvres. Écrire, c'était les nerfs sans le corps, le trajet sans l'identité, la feinte, le vol et l'effraction. C'était échapper, toujours, sans cesser d'être là, jamais.

Perclus, le corps pris en étau entre mille obligations oiseuses, je traversais mes journées comme un automate, agissant selon des protocoles préétablis et empruntant des itinéraires ménagés. Je parlais de moins en moins, me contentant de former des phrases étrangères, longs enchaînements mécaniques de noms, de slogans et de mises en garde, comme préenregistrés dans le circuit des rues où, tête de lecture, j'avançais à allure égale.

Paris avait cessé de m'être infiniment changeant et perpétuellement étranger. Les zones de vie, de circulation et de commerce étaient figurées au sol, et le moindre écart sanctionné : on démontait les abris de planches, on effaçait les graffitis et arrachait les affiches. Les lieux interdits se hérissaient de pointes de métal ou de parterres de cactus, tandis que les aires dévolues aux ébats des citadins s'ornaient, à l'inverse, de bancs confortables et de jeux pour enfants colorés. Chaque perspective, chaque angle de vue avaient été préalablement pensés, et il n'y avait d'autre alternative que de se placer aux points de vue désignés et d'admirer docilement les paysages prédécoupés.

Les urbanistes avaient coupé ma drogue favorite de circuits fléchés et de visites recommandées, délayant sa puissance de suggestion. Dans leur sillage, plus de vacant, plus d'inutile, seulement du neuf, du verni et du fonctionnel. Mon Beyrouth mental, autrefois sillonné de fractures, n'était plus qu'une grille d'abscisses et d'ordonnées, un réceptacle transparent aux alvéoles interchangeables. J'étais dans Paris comme un adolescent dans une grande surface : condamné à tourner en rond et à manipuler, sur le rayonnage des rues, des constructions tellement brillantes qu'elles semblaient emballées sous film plastique. Tout était trop cher, trop beau : rien n'était pour moi.

Des nuits entières, je cherchais désespérément une issue, sondant les murs, poussant les portes et passant ma tête par toutes les fenêtres. Mais rien ne sonnait creux : on avait pris soin de combler les moindres interstices.

Le 14 avril 2011 à l'aube, au terme d'une très longue marche qui, une nouvelle fois, n'avait débouché sur aucune trouée, je me retrouvai porte de la Villette. Habituellement désert, le petit embarcadère construit sur le canal Saint-Denis était ce matin-là envahi par une foule jouant des coudes. Je m'approchai. Des affichettes annonçaient l'inauguration, à Aubervilliers, d'un centre commercial, baptisé Le Millénaire, dont la direction proposait à ses futurs clients un service d'acheminement par vedettes fluviales. Le Millénaire, m'apprirent également ces placards, était construit à l'emplacement exact des anciens Magasins généraux d'Aubervilliers, aujourd'hui détruits. Saisi d'une curiosité jalouse, j'emboîtai le pas aux consommateurs et montai dans l'une des embarcations à quai pour découvrir le complexe qui s'élevait désormais en lieu et place de mon ancien fief.

Debout sur le pont du bateau (attitude qui, je le redis, me semblait la plus appropriée pour ce que j'envisageais comme un retour d'exil), j'ai vu défiler successivement, sur ma droite, les décombres des vieilles boucheries du quai de la Charente (les démolisseurs n'avaient laissé que quelques pans de mur, dentelés comme des reliefs de gâteau abandonnés sur une assiette), puis, sur ma gauche, après le pont Macdonald, les immeubles flambant neufs de la « Zone d'activité commerciale Claude Bernard », un nouveau quartier « ANIMÉ » et « DYNAMIQUE » (c'était écrit en capitales gigantesques sur les palissades entourant le chantier). Entre les boulevards de ceinture et le périphérique, sur les terrains municipaux longtemps utilisés par la voirie pour stocker du mobilier urbain (j'y avais escaladé des montagnes de platanes coupés), s'élevaient désormais une série d'immeubles couverts, côté Paris, de plaques de verre traitées à l'acide et, côté Aubervilliers, de bandes de métal entrecroisées, alternativement marron, vertes, jaunes, rouges et roses. Si l'on ignorait les cabanes de Roms qui, chassés du site, s'étaient réinstallés quelques mètres plus loin, sur le talus du périphérique, et les dizaines de matelas cachés tant bien que mal sous le tablier du pont, l'ensemble projetait une indéniable image de modernité conquérante. Sur les panneaux d'affichage, des représentations holographiques du quartier tel qu'il apparaîtrait une fois achevé venaient renforcer ce sentiment d'harmonie industrieuse : sur fond de verdure s'activaient des silhouettes en costume (j'aime ces quidams de synthèse : indifférenciés, sans visage, ce sont les passants idéaux. Je voudrais leur ressembler).

Passé le pont du périphérique, Le Millénaire est apparu sur la gauche. Pour le rejoindre, la vedette a commencé à manœuvrer devant un long mur de béton où s'étalait un graffiti proclamant, en énormes lettres rouges : « CE QUE NOUS VOULONS : TOUT » (au voisinage de l'espace d'achat, ce slogan se retrouvait vidé de son urgence révolutionnaire pour ne plus se lire que comme le cri d'un consommateur impatient). Quittant le canal Saint-Denis, la vedette s'est engagée dans le bassin des Entrepôts, passant successivement devant un bâtiment semicirculaire orné des enseignes ZARA, KIABI et NEW YORKER ; puis devant des constructions en brique reproduisant la forme, caractéristique, des anciens Magasins généraux et abritant les restaurants KYOTO, AU MAHARAJAH ainsi que la brasserie LES DOCKS ; pour finalement venir s'amarrer devant une sorte de container rouge vif destiné, à terme (on le devinait aux portes à double battant dont il était muni), à héberger un cinéma, mais qui n'était pour l'instant occupé que par des locaux administratifs. Tout cela était surmonté par les énormes logos de la FNAC, de TOYS R US, de H&M, de C&A et de CARREFOUR fichés sur un mât.

J'ai déambulé le reste de la journée dans les galeries du Millénaire, parcourues, à leur sommet, de frises d'écrans digitaux imitant des ondulations aquatiques (« Le Millénaire : le shopping au bord de l'eau »). Çà et là étaient disposés des sièges profonds et des compositions arborées (« Le Millénaire est total nature »). Il y avait des restaurants à thème, des hôtesses toujours disponibles, des espaces d'exposition et des jeux pour enfants, le tout baigné dans une lumière naturelle tombant des toits par les baies vitrées (« Le Millénaire est envoûtant »).

Glissant sans fin sur ces sols immaculés, j'ai invoqué en silence les forces de la désaffection, priant pour que dans dix, vingt ans, Le Millénaire connaisse une faillite ignominieuse et soit contraint d'abandonner ses « espaces de convivialité », ses décorations joviales et ses vitrines proprettes aux squatteurs et aux vandales.

La tête pleine d'images de ruines et de désastres, je me suis arrêté, juste avant la sortie, devant un local retraçant l'histoire du centre. Parmi les photographies et les plans, l'architecte Antoine Grumbach (« marchand de ville », comme il se qualifiait lui-même dans un film diffusé en boucle) avait exposé quelques livres dont la lecture avait supposément inspiré la conception du Millénaire. Parmi ces ouvrages figuraient *Molloy* de Beckett, *Ulysse* de Joyce et *Je me souviens* de Georges Perec. Le visiteur était censé comprendre que l'implantation du Millénaire à Aubervilliers participait de la création contemporaine la plus radicale. Que, bien sûr, c'était un espace d'achat, mais que c'était tellement plus que cela : un laboratoire pour la ville de demain, un jalon dans l'histoire de l'architecture durable, bref, une véritable *fresque*, presque une *vision* généreusement offerte aux regards des consommateurs venus remplir leur réfrigérateur ou s'équiper en électroménager.

Ainsi, non seulement on m'avait chassé de ma retraite favorite pour construire un centre commercial, mais on avait poussé le vice jusqu'à le faire au nom d'écrivains que j'aimais (la référence à Georges Perec, que je vénère, n'était ni plus ni moins qu'un affront personnel caractérisé). Une colère froide me submergea et je me mis à gribouiller, rageur, des commentaires hostiles, voire franchement insultants, sur le cahier destiné à recueillir les remarques des visiteurs.

En proie à une fureur allant sans cesse croissant, je rêvais d'une bombe cadastrale qui saurait détruire l'ordonnancement de Paris et rendre la ville à l'inconnu. J'appelais sur les façades trop propres du Millénaire à une guerre sourde, à un conflit sans nom capable d'étoiler ces baies vitrées et ces dallages vernissés. Mais, dans Paris caserné, aucun orage ne s'amoncelait jamais sur l'horizon du bâti. Incessamment balayées par les caméras et les signaux GPS, les rues étaient vides de tout désordre, et personne n'essayait de forcer un passage dans les défenses de la ville.

Pour faire sauter les verrous, je ne pouvais compter sur aucun secours. Tels ces grimpeurs qui, sans corde ni piolet, se lancent à l'assaut des falaises les plus escarpées, j'allais devoir opérer en autarcie complète. Oubliant toute idée de travail salarié, je passais mes journées dehors à escalader les échafaudages, à bloquer les portes du pied avant qu'elles ne se referment et à pianoter au hasard sur les digicodes. Il y allait de ma survie : je refusais de me laisser emmurer vivant. Je vivais de barquettes-repas abandonnées sur les bancs des squares et de boissons grappillées dans les supermarchés. Un matin, j'eus la désagréable surprise de trouver mon appartement vidé de mes affaires : lassé de mes impayés, mon propriétaire m'avait mis dehors. Ce soir-là, je dormis dans le hall de l'immeuble. Plus tard, dans des trains, des cabanes de chantier et des bâtiments promis à la démolition.

Méthodiquement, je préparais mon évasion. Ma première piste sérieuse fut un groupe d'étranges personnages vêtus de capes et de chapeaux dépareillés, le visage couvert d'une voilette de gaze. Arpentant en file indienne le nord de Paris, ils prétendaient effectuer des repérages sur les « zones blanches » de la ville, les qualifiant de derniers endroits où la « vraie vie » était « encore possible ». C'était là qu'il fallait habiter, professaient-ils, exhibant les plans des invraisemblables cabanes et des huttes révolutionnaires qu'ils projetaient d'y construire. Bien que largement incohérent, leur discours me toucha : je partageais leur désir (et avais moi-même essayé, il y a quelques années, de vivre sur ces lieux). Jusqu'à ce que je comprenne qu'ils désignaient par « zones blanches » non pas les lieux ignorés des cartographes, mais bien plutôt les aires non couvertes par les réseaux de téléphonie mobile : mes apprentis Robinsons étaient en réalité des schizophrènes imaginant souffrir d'une intolérance aux champs électromagnétiques et cherchant sur les terrains vagues d'hypothétiques protections contre le rayonnement des antennes-relais.

Et pourquoi pas, après tout ? S'il existait, en Île-de-France, des secteurs privés d'accès aux réseaux de communication, il s'y passait sûrement des choses intéressantes. Je me précipitai sur les cartes éditées par l'Autorité de régulation des communications électroniques et des postes. Leurs légendes étaient relativement simples : les régions couvertes par trois opérateurs ou plus étaient noires, celles où deux réseaux seulement fonctionnaient étaient grises, et le blanc figurait les espaces où les téléphones étaient perpétuellement « indisponibles ».

Mais, décevant mes espoirs, la totalité du territoire parisien apparaissait uniformément noire, même en haute définition. Les voies ferrées, les autoroutes, les voies d'eau : tout était couvert à 100 %, personne n'était à l'abri d'un appel. Même chose en banlieue : il fallait aller jusqu'à Meaux, Fontainebleau ou Étampes pour trouver les premiers accrocs dans le maillage cellulaire. Fausse piste, donc. On ne pouvait pas faire confiance aux schizophrènes, et c'était bien dommage, car ils avaient d'excellentes idées.

Je gardai de cet épisode l'idée de « zones noires », qui me plaisait. Restait à lui trouver un usage. J'avais autrefois défini les « zones blanches » comme des espaces ouverts à tous les usages et défiant les catégories du cadastre. À l'inverse, une « zone noire » devait être un lieu complètement inaccessible, comme le sont, par exemple, les emplacements investis par les unités les plus secrètes de la police et de l'armée. Exclusifs et opaques, ces sites diffusaient une violence sourde, battant en brèche le mythe d'une ville transparente à elle-même et livrée aux jeux innocents des consommateurs. Je décidai de m'y intéresser de plus près.

Mon entreprise fut grandement facilitée par la loi n° 2009-928 du 29 juillet 2009, qui institue des « lieux classifiés », c'est-à-dire des sites où « il ne peut être accédé sans que, à raison des installations ou des activités qu'ils abritent, cet accès donne par lui-même connaissance d'un secret de la défense nationale ». La liste de ces implantations où le seul fait de pénétrer constitue une violation de la sécurité de l'État est – forcément – secrète, mais une petite astuce permet de lever partiellement le mystère. Institution para-publique, l'Institut géographique national est en effet tenu de respecter l'esprit de la loi susmentionnée, et donc d'éviter de représenter avec trop de précision ces « lieux classifiés ». Sur le globe virtuel de l'Institut (www.geoportail.gouv.fr), les images satellites des sites les plus sensibles ont donc été discrètement floutées (voire, dans certains cas, totalement occultées), ce qui empêche effectivement de les voir, mais permet néanmoins de les localiser...

Une liste quasi exhaustive des « zones noires », à Paris et en proche banlieue, comprendrait donc : les casernes Mortier et des Tourelles, porte des Lilas, qui abritent le siège de la Direction générale de la sécurité extérieure (DGSE), les renseignements extérieurs français ; le Fort de Noisy, à Romainville, où est logé le service action de la même DGSE ; les salles souterraines de 3 800 m^2 occupées, aux Invalides, par les ordinateurs et les boîtiers télécoms du Groupement interministériel de contrôle (GIC), chargé des écoutes téléphoniques relevant de la sécurité nationale ; et, au 84 rue de Villiers, à Levallois-Perret, les locaux de la Direction centrale du renseignement intérieur (DCRI).

En élargissant le champ, on trouve aussi, à Creil, la partie nord de la base aérienne 110, où est implantée la station de réception du satellite d'observation militaire Helios ; à Bruyères-le-Châtel, les bâtiments de la Direction des applications militaires du Commissariat à l'énergie atomique, chargée de détecter, par la mesure des oscillations sismiques, les essais nucléaires effectués à l'étranger ; à Vert-le-Petit, le centre d'études du Bouchet, où ont lieu les recherches sur les armes bactériologiques ; à Boullay-les-Troux, la belle composition d'antennes et de paraboles que forme, en plein champ, le Centre d'écoute et de radiogoniométrie de la DCRI ; et, plus au nord et à l'ouest, entre Les Alluets-le-Roi et Feucherolles, un site exactement semblable, mais opéré, cette fois, par la DGSE.

J'aimais ces lieux parce qu'ils introduisaient dans la ville un régime d'exclusion différent de la propriété privée. J'aimais l'espace qu'ils offraient à l'imagination, et les proportions démesurées qu'y prenait le moindre détail entrevu entre les boucles de fil de fer barbelé, les chevaux de frise, les guérites et les murets. Mais j'aimais surtout l'idée que leur recensement était voué à l'échec, et que même si ma liste était la plus complète possible, il existait nécessairement, quelque part dans Paris, d'autres implantations cachées ou au contraire invisibles à force d'être vues, comme la lettre volée d'Edgar Poe.

Cette intuition fut le prétexte d'interminables « promenades paranoïaques » au cours desquelles je tentais d'identifier les motifs codés dans le paysage urbain. J'avais d'autorité exclu certains quartiers : ma paranoïa n'était pas suffisante pour imaginer que quoi que ce soit de significatif fût caché au nord du Ve arrondissement ou à l'ouest du XVIIe. Le fin fond du XVIe, en revanche, avec ses villas privées et ses immeubles en apparence anodins mais CURIEUSEMENT défendus par une débauche de caméras et de digicodes, était un terrain propice à l'investigation, de même que la section nord des boulevards de ceinture, alternance de constructions gigantesques aux fonctions ÉTRANGEMENT imprécises – qui peut raisonnablement penser que l'immense entrepôt Macdonald n'a été, pendant toutes ces années, qu'une plate-forme logistique, comme on a essayé de nous le faire croire ? – et d'habitations COMME PAR HASARD dépourvues de tout signe distinctif.

Je m'attachais à tout ce qui me paraissait anormal, décalé, tel ce cimetière de la Chapelle implanté de l'autre côté du périphérique, sur le territoire de Saint-Denis, et UNIQUEMENT ACCESSIBLE PAR UNE LONGUE ET ÉTROITE IMPASSE BORDÉE DE CHAQUE CÔTÉ DE HAUTS MURS ; ou bien ces salons de coiffure TOUJOURS VIDES, installés dans les petites rues entre les boulevards maréchaux et le périphérique ; sans parler des PORTES EN FER encastrées dans les piles du pont qui enjambe le boulevard Ney à la hauteur de la porte des Poissonniers ; ni des TEMPLES d'associations religieuses aux noms tellement convenus qu'ils paraissent inventés par un fonctionnaire paresseux – Sagesse éternelle, Christ universel, etc. – et des INNOMBRABLES

HANGARS disséminés autour de la porte d'Aubervilliers et indifféremment siglés SNCF ou RATP (et de temps en temps EDF, pour éviter que la ficelle ne soit trop grosse).

J'essayais, en raisonnant par l'absurde, d'identifier les lieux *a priori* les plus innocents, convaincu que c'était là qu'on avait camouflé les sites les plus sensibles. Les jardins publics, périmètres censément dédiés à la promenade et au jeu et présentant le double avantage d'être clos (donc totalement vides au moins huit heures par jour) et surveillés en permanence, m'apparaissaient comme les plus éminemment suspects. Enfant, j'avais toujours envisagé les gardiens de square comme des personnages troubles : considérer, adulte, que leur fonction véritable était peut-être bien différente de celle pour laquelle ils étaient officiellement mandatés venait, *a posteriori*, valider cette intuition. Parmi tous les parcs et jardins de Paris, les plus ÉVIDEMMENT truqués étaient, à mon sens, les Buttes-Chaumont – il ne fallait pas être grand clerc pour comprendre que l'éminence rocailleuse qui en occupait le centre était creuse – et le parc Montsouris – mais pourquoi la pièce d'eau centrale, si petite, avait-elle besoin d'une île ? Mes soupçons étaient largement renforcés par le fait que ces deux parcs étaient implantés sur d'anciennes zones de carrières, ce qui signifiait nécessairement que leur sous-sol était creusé de galeries, caves et autres salles souterraines : était-il imaginable que personne n'ait cherché à tirer profit d'une telle situation ? La réponse était, pensais-je, suffisamment évidente pour qu'il ne soit pas nécessaire d'épiloguer.

Mes promenades paranoïaques étaient sans fin : chaque rue, chaque détail de l'architecture étaient dépliés, analysés, interprétés. Même l'absence d'indice devenait signifiante : quoi de plus intriguant qu'une rue, un ensemble, où AUCUN DÉTAIL n'est de trop, où TOUT, ABSOLUMENT TOUT, les façades, les alignements de voitures et les vitrines des magasins, renvoie une image uniforme de calme et d'harmonie ? Je m'attardais aussi longtemps qu'il le fallait, guettant la moindre dissonance.

Ma folie interprétative colorait la ville comme un filtre, mais la laissait intacte, inviolée. Je n'ouvrais ni brèches ni passages, me contentant de gribouiller sur les plans quantité de signes aussitôt évanouis. Derrière les pancartes « Zone protégée » (« Interdiction de pénétrer sans autorisation – Arrêté du 22 décembre 2004 – Tout contrevenant s'expose aux peines prévues par l'article 413-7 du code pénal »), les « zones noires » gardaient leurs secrets. Mes petits stratagèmes étaient impuissants à percer leurs poches d'encre et à souiller les bâtiments alentour. Graduellement, je me décourageais, abandonnant l'espoir de libérer le désordre et la violence qui fermentaient dans ces enceintes.

Alors, j'ai cherché d'autres parois mobiles, d'autres cloisons truquées. À l'affût de la moindre brèche, j'auscultais les murs et poussais tous les battants mal fermés. Au début de l'année 2012, la parcelle située, au nord du XVIIe arrondissement, entre le boulevard Berthier et le périphérique a été envahie par les grues et les pelleteuses, et d'immenses tas de sable sont bientôt apparus au-dessus des murs qui en défendaient l'accès. C'était le chantier du futur Palais de justice de Paris, et, avant que l'on y juge et que l'on y condamne, j'ai pu, pendant quelques mois, y regarder passer les trains allant à la gare Saint-Lazare ou en repartant. Aux constructions qui s'édifiaient autour de moi et qui, bientôt, amalgameraient à leur béton les graviers de la colline sur laquelle j'étais habituellement perché, j'aurais volontiers substitué les décors de l'Opéra de Paris, entreposés à proximité (je distinguais nettement, depuis mon perchoir, le toit de tuiles rouges et les trois hautes fenêtres en plein cintre de ses réserves). Le long du périphérique, le flamboiement des rideaux et des draperies aurait avantageusement remplacé les déclinaisons du verre et du métal, et la basse continue des moteurs constituait, à mon sens, un accompagnement idéal au chant des sopranos et des ténors.

Rapidement chassé du boulevard Berthier par l'avancée des travaux, j'ai traîné plus à l'est, à Aubervilliers, Pantin et Montreuil. Dans les années 1990, j'avais souvent arpenté ces villes la nuit à la recherche de fêtes (on disait « raves », à l'époque) organisées en toute illégalité. Enregistrée à la va-vite sur des répondeurs rapidement saturés, la localisation exacte de ces réunions était toujours très approximative, et il fallait tourner pendant des heures dans d'anciennes zones industrielles désertées avant d'entendre la pulsation régulière des basses électroniques et d'apercevoir, à travers des vitres brisées, les flashes intermittents des stroboscopes. Vingt ans plus tard, il ne restait plus aucune trace de ces pratiques, mais, archéologue, je savais repérer les déplacements de bâti qui témoignaient encore de nos désordres passés et reconnaître, sous leurs peintures refaites à neuf, les édifices autrefois ébranlés par le martèlement cadencé de nos cavalcades. Ainsi, à Montreuil, à l'angle de l'avenue du président Salvador Allende et de la rue Didier Daurat, le complexe Mozinor, désormais siège de Pro-concept Paintball, une salle où l'on se pourchasse muni de fusils à cartouches de peinture, avait, au printemps de l'année 1991, vu sa terrasse régulièrement envahie par des centaines de danseurs. La forme de son restaurant d'entreprise, installé sur le toit, évoquait vaguement celle d'une soucoupe volante, ce qui en faisait le lieu de rassemblement préféré des amateurs de musiques électroniques, tous férus d'imagerie spatiale. Les fêtards affluaient chaque week-end, grimpant en voiture la rampe hélicoïdale qui traversait de part en part le bâtiment.

D'autres souvenirs étaient plus flous (la fréquentation des raves allait souvent de pair avec la consommation de drogues psychédéliques, et je m'étais, sur ce plan, strictement conformé aux usages). Je gardais notamment en tête l'image d'un lever de soleil au bord d'un étang, les pinceaux des lasers soudain éclipsés par une effusion de rose saturant les sens des derniers participants ; et celle d'une salle semi-cylindrique – dans mon esprit, il s'agissait d'une serre, mais il est peu vraisemblable qu'il en ait réellement été ainsi – que le tranchant des projections lumineuses découpait alternativement en rhombe, tore et tétraèdre. Mais impossible de dire *où* exactement avaient eu lieu ces scènes qui, dépourvues d'attaches mémorielles, dérivaient à la surface de la ville qu'elles zébraient parfois, tel un retour d'acide, de réminiscences colorées.

Et puis il y avait toutes ces fêtes mythiques auxquelles je n'étais plus très sûr d'avoir participé, ces réunions dont on m'avait si souvent fait le récit que j'avais fini par m'en approprier les détails, au point de, littéralement, me voir dans la cour pavée du fort de Champigny-sur-Marne ou dans les galeries de craie des champignonnières de Meudon, deux lieux où j'étais pourtant certain – je le regrettais d'ailleurs amèrement – de n'être jamais allé danser.

Je ne gardais aucune nostalgie de cette époque : seul subsistait, inassouvi, le désir de bouleverser le plan de la ville pour qu'elle excède, une fois encore, ses limites, et jusqu'à l'idée même de débordement.

Mais j'avais beau m'arc-bouter contre les murs, rien ne bougeait. Épuisé par le froid et les journées passées dehors, j'avais parfois la tentation de tout laisser tomber et de m'abandonner au confort rassurant des désirs préparés. Je regardais avec envie les familles en promenade et les couples en terrasse, jalousant la tétanie sucrée de leurs existences et me désespérant de l'impasse où était confinée la mienne.

Et, régulièrement, je revenais au Millénaire, comme si cette construction était une sorte de cadenas apposé sur la ville et que l'écheveau de ses galeries suturait l'espace, empêchant qu'aucun événement advienne. Autour du centre, le quartier était aménagé comme un écran de téléphone portable, les lieux réduits à des icônes colorées prêtes à l'emploi.

Un soir, je trouvai les abords du Millénaire envahis par une foule d'adolescents pressés contre des barrières mobiles protégeant d'autres adolescents. Les premiers photographiaient les seconds, qui posaient mains sur les hanches, croisées très haut sur la poitrine, ou bien expédiant des baisers. J'appris qu'il s'agissait des participants à une émission de téléréalité filmée dans un studio de La Plaine Saint-Denis, toute proche : ils fêtaient, à l'invitation de la chaîne qui les diffusait et de la production qui les employait, la fin du tournage (on apercevait effectivement, deux étages plus haut, des convives arpentant les espaces de réception du Millénaire, verre à la main).

Fuyant cette agitation, je m'enfonçai dans la nuit, remontant vers les studios désertés. La plaine, irrégulièrement quadrillée de rues hésitantes, changeait d'apparence plus vite qu'un décor entre deux actes, comme si les bâtiments étaient constitués d'une matière infiniment plastique. Quelques années auparavant, le quartier était un damier de terrains vagues et de sièges sociaux ultramodernes. Puis on avait édifié à la hâte des centres de congrès et des studios sur les dernières places libres. La crise avait stoppé net les constructions : sur les murs inachevés pendaient, détrempées, de la laine de verre et des bâches plastiques.

Au 7-9 de l'avenue des Arts et Métiers, je découvris d'anciennes usines bourdonnant d'une activité inconnue. Les fenêtres étaient occultées, les allées et venues rares, et les signes distinctifs inexistants. À l'entrée, ni nom ni raison sociale. Seul indice : le bitume alentour était constellé de plaques de fonte siglées du nom d'opérateurs télécom.

Un peu plus loin, au 114 de la rue Ambroise Croizat, c'étaient les mêmes périmètres sécurisés, les mêmes façades aveugles et le même bourdonnement dans les rues vides. Même chose à Aubervilliers, notamment au 45 de la rue Victor Hugo et au 20-22 de la rue des Gardinoux. Certaines de ces constructions – cubes de métal, tourelles de béton – semblaient de simples coffrages, un peu comme ces façades de bois peint qui, pendant les guerres du siècle dernier, camouflaient arsenaux et sites stratégiques.

En croisant le lendemain les adresses de ces mystérieux entrepôts avec les registres des greffes des tribunaux de commerce, j'ai compris qu'il s'agissait d'entreprises de stockage de données informatisées, également appelées *datacenters*. À l'intérieur (grâce à un stratagème dont je préfère taire les détails, j'avais réussi à entrer) s'alignaient des milliers d'appareils clignotants posés sur des rayonnages. L'environnement était soigneusement paramétré : résistance au sol de 24 kilonewtons ; température de 22 C° (+/– 2) ; humidité de 48 % (+/– 15) ; et alimentation de 1 kVA/m^2. Les dalles et les cloisons étaient uniformément blanches, les serveurs noirs et les consignes rouges : « EN

CAS D'ALARME ÉVACUER IMMÉDIATEMENT CETTE ZONE » ; « ATTENTION GAZ À 300 BARS » ; « ENTRÉE INTERDITE ÉMISSION ARGONITE » ; « DANGER DE MORT ». Et dans le vacarme assourdissant des climatiseurs flûtaient des notes décousues.

Le plus troublant était la déconnexion apparente entre cette machinerie et son action sur la ville. Que se jouait-il dans ces capsules réfrigérées ? Quel genre d'opération y traitait-on ? Envoi de messages ? Opérations boursières ? Recherche de mots clefs ? Hiérarchisation de fichiers ? Personne n'en savait rien. Ces lieux sans qualités dévoraient l'espace autour d'eux comme des trous noirs, et, à peine formés, les cheminements logiques qui y conduisaient disparaissaient.

J'imaginais d'y débrancher une prise ou basculer un alternateur : que se passerait-il ? Rues plongées dans le noir ? Alarmes en série ? Messages égarés ? Résultats faussés ? La sécurité extrême levait toutes les inhibitions : je me trouvais en zone d'irresponsabilité totale, mes actes enfin débarrassés de leurs conséquences.

Il était peut-être là, le verrou à faire sauter pour dérégler les GPS et affoler les panneaux de signalisation : un incident, même minime, dans l'un de ces coffres-forts numériques, et c'était toute la ville qui larguait les amarres. Les *data-centers* étaient protégés contre une attaque extérieure (murs renforcés, groupes électrogènes), mais que se passerait-il si on y introduisait, par exemple, un animal ? Un rat qui mordillerait les fils et créerait des courts-circuits ? J'aimais l'idée qu'un rongeur puisse réduire une ville à néant en grignotant ses réserves numériques.

Je voulais du spectaculaire, des flots de véhicules détournés de leur itinéraire et des téléphones sonnant furieusement dans le vide. Mais je savais que les conséquences d'une intrusion dans une banque de données pouvaient tout aussi bien demeurer indétectables : le paysage urbain en apparence inchangé et, quelque part, une porte déverrouillée par le battement de queue d'un rongeur. Ce caractère absolument aléatoire de l'intervention en milieu numérique était un peu décourageant : valait-il la peine de prendre tous ces risques – en ces temps d'hystérie anti-terroriste, la dégradation d'infrastructures critiques est un délit très sévèrement puni – pour, au final, ne parvenir à détruire que les vieilles données comptables d'une entreprise de cosmétiques ? Ma motivation s'amenuisait.

L'absence de personnel humain rendait le stockage de données extraordinairement réactif aux moindres variations de la conjoncture économique. Le taux d'occupation des salles variait avec une rapidité surprenante : en une journée, les opérateurs pouvaient déménager des centaines d'ordinateurs et fermer boutique pour laisser place à d'autres. Certains emplacements restaient inoccupés : à Aubervilliers, rue Victor Hugo, une plante en pot avait poussé contre la vitre d'un hall précipitamment fermé, jusqu'à recouvrir la surface vitrée de ses feuilles sèches et jaunies.

Entre les *data-centers* s'inséraient des salles de sport, des espaces dédiés aux jeux en réseau et des églises évangéliques. Rue Ambroise Croizat, les serveurs du site PA2 de la société Equinix voisinaient avec le centre missionnaire La Restauration et le temple Cité des merveilles, tandis qu'un peu plus loin, avenue des Arts et Métiers, la soufflerie des climatiseurs refroidissant les machines d'Interxion accompagnait, le dimanche, les chants des fidèles de La Puissance du Saint-Esprit et de La Flamme de Feu. Les accès des lieux de culte étaient gardés par des hommes en costume dont la carrure n'avait rien à envier aux vigiles postés aux portes des hangars informatiques avoisinants.

À l'approche des week-ends, des tapis de prospectus détrempés annonçant les congrégations d'une ribambelle de pasteurs, d'apôtres et de révérends se formaient autour des sorties de métro. M'arrêtant pour observer les détails de ces mosaïques improvisées, j'y lisais souvent, au milieu des citations de la Bible et des slogans religieux, les adresses de lieux que je croyais être le seul à connaître (avenue des Grésillons, à Asnières ; Quai de Seine, à Saint-Ouen ; rue du Pilier, sur La Plaine Saint-Denis).

Les dernières miettes d'espace encore disponible autour de Paris avaient été accaparées par une myriade de chapelles dont les noms baroques n'avaient rien à envier à ceux des tagueurs qui, quelques années plus tôt, recouvraient de leur patronyme les murs de ces constructions aujourd'hui dévolues au prêche et à la prière. À Saint-Denis, boulevard de la Libération, la *mega-church* Charisma du pasteur Nuno Pedro avait investi d'anciens ateliers et y organisait, le dimanche à 16 h 30 précises, d'interminables célébrations ponctuées de chants, de danses et d'évanouissements de fidèles en transe. Prêchant en majorité devant des fidèles d'origine africaine, le même groupe avait annexé 7 000 m^2 d'entrepôts au nord du Blanc-Mesnil, aux confins de l'A3 et de la nationale 2. À Bussy-Saint-Georges, un champ coincé entre l'autoroute de l'Est et les voies du RER A avait été concédé par la municipalité à une noria d'associations religieuses qui y avaient prestement élevé un temple bouddhique, une pagode laotienne, une mosquée et une église évangélique. À La Courneuve, les entrepôts situés sous le pont de la bretelle reliant l'A86 à l'A1 résonnaient chaque dimanche des chants des fidèles du pasteur Selvaraj Rajiah, fondateur de Paris Centre Chrétien, tandis qu'à proximité, dans l'étroit couloir bordé par les deux axes autoroutiers, officiaient pas moins d'une dizaine de chapelles, parmi lesquelles l'Armée de victoire, la Mission internationale Palais de l'Aigle et la Pierre angulaire (au 46 rue Saint-Denis, à La Courneuve) ; la Montagne des Aigles et la Communauté Parole et Esprit (au 1-15 rue Saint-Denis) ; le Centre missionnaire La Source de Vie et la Fraternité évangélique de Pentecôte en France (au 6 avenue Carnot) ; et la Puissance de la Croix de Jésus (au 102 rue de la Convention).

Découragé, désœuvré et désormais complètement désocialisé, je m'abandonnai progressivement à cette ferveur colorée, comme autrefois à la foule des danseurs défoncés. Placé au fond des salles, j'assistais aux offices dominicaux, aux harangues des prêcheurs et aux « parlers en langue », ces épisodes où, tels les apôtres touchés par le Saint-Esprit, les fidèles se levaient pour proférer d'incompréhensibles borborygmes. Épuisé par les nuits de marche solitaire, je m'assoupissais périodiquement au rythme des psalmodies, pour être, quelques minutes plus tard, tiré de mon sommeil par les cris hystériques de paroissiens possédés.

2

C'est rue de la Procession, devant un de ces sanctuaires de fortune, que j'ai croisé André. Auteur de thrillers politico-financiers estampillés « best-sellers », il avait connu son heure de gloire dans les années 1980. Vêtu de la veste de velours qui, au-delà de 50 ans, est l'uniforme des professionnels de l'écrit, et chaussé de mocassins de prix, il détonnait dans ce paysage d'entrepôts et de terre battue. M'avisant (j'avais autrefois été l'un des rédacteurs du livre qui, au lieu de signer son grand retour, scella définitivement sa chute), il me salua d'un signe de tête, puis, après deux bouffées de son cigare, marcha dans ma direction. Je m'apprêtai à le questionner sur sa présence en ces lieux, mais il avait apparemment la même intention à mon endroit, car nous prononçâmes presque en même temps la phrase : « Qu'est-ce que tu fous là ? » Moi ? J'étais presque chez moi, me défendis-je : j'arpentais ce quartier en tout sens depuis des années. Et lui ? « Moi, je suis en repérage », m'expliqua-t-il en brandissant un carnet de notes. J'ironisai : la banlieue n'était pas trop son univers... Mais, déjà, il ne m'écoutait plus : les fidèles sortaient du hangar par un ancien quai de livraison dont on avait relevé le volet de fer. Je le vis aborder des familles endimanchées, puis discuter longuement avec le pasteur. Je m'éloignai à reculons. À peine avais-je fait volte-face que je l'entendis m'appeler : « Tu m'emmènes faire un tour ? J'ai besoin de me dégourdir les jambes. »

Nous avons descendu la rue de la Procession, puis tourné à droite dans la rue des Blés. André tirait sur son havane, s'enquérant des bâtiments que nous longions : il y avait là des studios de télévision, mais aussi l'atelier de moulage de la Réunion des musées nationaux. Avenue du président Wilson, nous avons traversé le terre-plein avant de poursuivre vers le sud. Au 215, encore un lieu de culte : « Église protestante évangélique ». Plus loin, le garde-meubles Une pièce en plus. Au 109, le portail était ouvert : nous sommes entrés. « Tu sais ce que tu fais ? » me demanda-t-il, amusé. Pas d'inquiétude : j'étais venu ici dix fois. Au bout d'une cour de terre servant de parking à quelques véhicules de la SNCF s'ouvraient les voies ferrées de la gare du Nord. Nous avons obliqué à droite, le long de rails abandonnés. J'aimais ces anciens sites ferroviaires, car la ville moderne était incapable de les assimiler.

Depuis les wagons, les abords des voies ferrées paraissent des jardins stériles dont les plantations grises et mal entretenues signalent, aussi sûrement que les fleurs en plastique des salles d'attente, l'aire de transition, la rognure d'espace : il est temps de rassembler ses affaires et de se préparer à la sortie. Mais ces entrelacs de rails et de ponts cachent en réalité de véritables oasis, et c'est vers l'un d'entre eux que j'emmenai André. Herbes et arbres à papillon poussaient à travers le ballast, et mon compagnon s'inquiétait pour ses mocassins. Nous avons laissé sur notre gauche un ancien poste d'aiguillage, marché sur les câbles permettant de manœuvrer à distance l'inclinaison des rails, et franchi une clôture (André a lancé sa veste par-dessus de peur de la déchirer aux accrocs du fer : elle a failli s'accrocher à un arbre). Derrière, au creux de la courbe que fait le RER B entre les stations Gare du Nord et La Plaine Stade de France, il y avait (il y a toujours) une pelouse immense et sauvage, bordée d'immenses entrepôts aux vitres méticuleusement fracassées. L'endroit est suffisamment vaste pour que, placé au bon endroit, on puisse suivre le parcours des trains sur plusieurs centaines de mètres. Installés sur deux chaises en plastique prises dans la décharge voisine, c'est ce que nous avons fait pendant les heures qui ont suivi. Notre isolement, le va-et-vient hypnotique des rames, tout incitait à la confidence.

Par bribes, André m'expliqua qu'il avait arrêté d'écrire, certain de ne pouvoir retrouver le succès connu il y a trente ans. Reconverti dans les affaires, il avait d'abord ouvert un cabinet de conseil en « communication narrative ». Plus connue sous l'appellation de *storytelling*, cette pratique, très développée aux États-Unis, consiste peu ou prou à scénariser certains événements publics (réforme administrative, lancement de produits, campagnes politiques, etc.) pour en faire des histoires haletantes susceptibles de marquer les esprits. Malheureusement, son cynisme assumé s'est révélé inadapté au marché français : les clients potentiels s'inquiétaient d'être accusés de manipulation ou, pire, de mensonge pur et simple, et hormis quelques contrats avec de jeunes élus (droite et gauche confondues), le cabinet avait vivoté jusqu'à ce qu'André se lasse. « Et maintenant ? » questionnai-je. Il ne répondit pas tout de suite, m'interrogeant à son tour sur mes activités (« Comment as-tu découvert cet endroit ? »). J'évoquai en quelques mots ma pratique des marges urbaines, passant sous silence la lente et incertaine dérive dans laquelle j'étais présentement engagé. Il m'écouta avec attention, lâcha finalement qu'il travaillait de son côté « dans l'événementiel ». Je le charriai : il allait falloir m'en dire plus, sinon je le plantais là !

Il devint grave : « Arrête : c'est sérieux. Je développe une idée mais j'ai peur qu'on me la pique. Alors je fais attention, tu comprends. » Il attendit que cesse le grondement d'un *jet* (l'aéroport du Bourget est tout proche) avant d'ajouter, pensif : « Cela dit, je vais avoir besoin de main-d'œuvre. Si j'ai bien compris, tu es libre, en ce moment ? » Je fis remarquer d'un ton pincé que j'ignorais toujours en quoi consistait son fameux projet.

André soupira longuement. « Je vais avoir cinquante ans : j'ai besoin d'un peu de confort. Mais pour gagner de l'argent rapidement, il n'y a pas cinquante solutions. Pour en gagner *légalement*, je veux dire (je suis trop vieux pour le reste). En fait, il n'y en a qu'une. » Il laissa passer un RER B (Roissy-Charles-de-Gaulle – Mitry-Claye), puis, dans l'autre sens, un RER D (Orry-la-Ville – Coye), avant de poursuivre : « George Orwell a écrit en 1938 : "Créer sa propre religion doit être une affaire très profitable." Je suis d'accord avec cette analyse. Alors je monte ma petite affaire. »

Les wagons d'un Transilien rebondirent un à un sur une section d'aiguillage.

« C'est pour ça que je m'intéresse aux évangéliques. Entre autres. Attention : je ne suis pas un illuminé. C'est tout le contraire : je m'y prends méthodiquement. La majorité des types qui se sont lancés dans le religieux l'ont fait en dépit du bon sens. Et se sont plantés, forcément. Moi, je raisonne en entrepreneur : j'ai acheté un manuel de business, et je procède par étapes. La première chose qu'ils te disent là-dedans (il sortit de sa poche un exemplaire sale et corné du *Business Plan en clair* de Pierre Maurin, éditions Ellipses, 2008), c'est que (il se mit à lire) "le créateur doit expliquer de manière simple et précise quelle est l'activité principale de sa future entreprise". Moi, mon concept, c'est une sorte de secte, mais adaptée aux besoins d'aujourd'hui : pas de théorie globalisante ni de bourrage de crâne, mais du secret, du rituel et des cérémonies spectaculaires. Un genre de confrérie moderne, tu vois ? Comment je gagne de l'argent avec ça ? Simple : 1) les cotisations 2) les séances de formation. Ça n'a l'air de rien, mais réfléchis : je n'ai aucun investissement initial, et ce sont les adeptes qui se tapent le boulot. Tout ce que je gagne, c'est du bénéfice. »

Aucun son, mécanique ou animal, ne troubla le silence qui suivit ce bref exposé. Moi-même, je restai coi.

« N'ayant aucun don particulier pour la manipulation de masse, j'ai d'abord essayé de m'associer à des personnages qui, pensais-je, pourraient faire office de gourous. À commencer par des artistes : n'ont-ils pas toute latitude pour se livrer à des pratiques proto-mystiques ? Songes-y : l'Allemand Joseph Beuys (1921-1986) s'est toujours qualifié de "shaman" sans que jamais personne aille le dénoncer comme gourou... Mon premier choix était un Slovène, Marko Pogačnik. Il avait commencé dans la sculpture avant de passer aux cérémonies de "rééquilibrage de la terre" et à la communication avec les "êtres élémentaires". Un leader parlant à peine anglais aurait donné à mon entreprise un supplément d'étrangeté, et démarrer mon activité aux marges de l'Europe me semblait moins risqué que de me lancer sans filet à Paris ou à Londres. Mais je n'ai jamais réussi à faire affaire avec Pogačnik : il avait déjà son groupe, la Šempas Family, et était totalement rétif à toute pratique commerciale.

« J'ai alors tenté ma chance avec l'Autrichien Hermann Nitsch, issu de la bouillonnante scène actionniste de Vienne : depuis trente ans, l'homme se consacre à la chorégraphie de rituels sophistiqués et barbares. Contrairement à Pogačnik, il s'est montré très intéressé par ma proposition, mais c'est moi qui ai fini par dire non : ses créations, souvent choquantes, étaient inadaptées à ma cible commerciale. La spécialité de Nitsch, ce sont les processions de pèlerins sanglants et les liturgies mêlant fleurs fraîches, animaux dépecés et corps nus : pas trop le genre qui plaît aux cadres de banlieue...

Moi, il me faut du rituel du samedi soir, pas des bacchanales de la confusion. Mon horizon, c'est le week-end, pas le grand soir. »

Le regard vide, il tapota pensivement son cigare pour en détacher la cendre (nous étions engourdis par l'excès d'espace et de lumière).

« Après quelques autres tentatives, toutes infructueuses – notamment avec la Monténégrine Marina Abramović, qui enseigne l'art performatif à une petite communauté de fidèles new-yorkais qu'elle prive de sommeil –, j'ai définitivement laissé tomber les artistes et me suis mis à écumer les milieux d'affaires cherchant des personnalités dont la fortune démultiplierait le pouvoir de fascination. J'ai ciblé deux partenaires potentiels, qui présentaient le double avantage d'avoir les poches profondes et d'être férus de mysticisme : Thierry Ehrmann, le PDG du groupe d'information Serveur, et Pierre Bellanger, le fondateur de la radio Skyrock. Le premier professe une sorte d'alchimie du chaos et vit reclus dans un parc de sculptures post-apocalyptiques. Quant au second, il a longtemps animé une communauté spirituelle baptisée Halcyon et dévolue à l'introspection par le sexe. J'ai rencontré l'un et l'autre pour leur présenter mon idée, qu'ils ont tous deux trouvée "formidable". Ils m'ont fait toutes sortes de promesses – investissements, partenariats prestigieux, cooptation de personnalités –, puis se sont empressés, tout en me berçant de discours flatteurs, de lancer dans mon dos des projets concurrents. »

Il émergea brusquement de sa torpeur pour se tourner vers moi : « Tu comprends maintenant pourquoi je suis méfiant ? » Assurément. « J'ai perdu un temps précieux. Si je veux refaire mon retard, il faut que je frappe fort. Problème : les idées me manquent. Ça te dirait de m'aider ? Il me faudrait quelques scénarios de rituels spectaculaires et des lieux dans ce genre (il désigna derrière nous les silhouettes massives des hangars désaffectés). »

Une secte utilisant Paris comme un magasin d'accessoires religieux me paraissait en accord avec l'entreprise de subversion urbaine qui m'occupait : je me pris à rêver de fidèles exaltés encombrant la ville de processions et de cérémonies. Il y avait, j'en étais sûr, suffisamment de matière spirituelle en suspension dans Paris pour nourrir toute une cohorte d'agitateurs, et j'étais prêt, au besoin, à inventer des significations secrètes au rébus des rues et des usages sacrés aux monuments municipaux. Le mysticisme, ses invraisemblances et ses *non sequitur* me semblaient un bon cheval de Troie pour ressusciter les angles morts de la ville.

Et puis, plus prosaïquement, j'avais un cruel besoin d'argent : je n'avais plus de logement fixe depuis des mois et en étais réduit à me nourrir de restes de sandwichs récupérés dans des fast-foods. Travailler avec André me paraissait une manière plus qu'honorable de retrouver un niveau de vie décent sans me détourner de mon but.

Abandonnant nos chaises plastiques, nous avons rebroussé chemin le long des rails rouillés et pris un taxi jusqu'aux bureaux de la société d'André, installée dans un deux-pièces cossu du Ve arrondissement. J'avais imaginé un fatras de grigris et des couloirs encombrés de piles de livres saints, mais les lieux étaient meublés avec la neutralité angoissante des décors de série télévisée. Nulle part, ni sur les murs ni dans la bibliothèque, occupée pour l'essentiel par ces livres d'art qui semblent édités pour n'être jamais ouverts, ne figurait la moindre référence à la religion. « J'essaie de rassurer les investisseurs », m'expliqua benoîtement André.

Je signai un contrat de consultant standard, et nous convînmes que mes premières contributions se limiteraient à la sélection de lieux de culte, à l'exclusion de tout autre aspect des activités de l'entreprise. Je lui soumettrais une première idée dans la semaine, puis deux autres encore avant la fin du mois. Mon travail devait prendre la forme de fiches succinctes, assorties de photos et de relevés cartographiques.

Enfin soustrait à la pesanteur d'être soi, j'inaugurai une vie de prestataire, délivrée de l'impératif de la réussite. En attendant que je me trouve un toit, André me permit de dormir quelque temps dans ses bureaux.

Étude n° 1

Le lieu : Le site dit « de la Pyramide », à l'angle de l'avenue du Bois de la Pie et de l'avenue de la Pyramide, dans le parc industriel de Paris-Nord II, à Tremblay-en-France.

Description : Au croisement de grandes routes bordées de sièges sociaux, une pyramide de 25 mètres de haut aux flancs recouverts d'herbe. Les quatre angles du monument sont orientés vers les quatre points cardinaux. Deux escaliers de 113 marches mènent au sommet, où une plate-forme d'une dizaine de mètres carrés agrémentée de six saules a été aménagée en point de vue. Le panorama est spectaculaire – par temps clair, on voit nettement les silhouettes de La Défense, du Sacré-Cœur et de la tour TDF des Lilas –, mais statique. Seuls deux éléments animés se détachent. Les couloirs aériens, d'abord (à l'est du site, ce sont les avions qui descendent sur les pistes de Charles-de-Gaulle et, à l'ouest, ceux qui décollent du Bourget). L'A1, ensuite, qui passe immédiatement au nord de la pyramide (on voit, depuis le sommet de l'édifice, le flot ininterrompu des voitures distribuées par les séparateurs autoroutiers, les mâts soutenant les câbles à haute tension et les enseignes des centres commerciaux tout proches : IKEA, CUISINES SCHMIDT, CASTORAMA, GO SPORT et KIABI). La nuit, toute cette circulation s'illumine, formant une matière urbaine parcourue de trajectoires flamboyantes, spectacle particulièrement approprié aux expériences mystiques et aux transes de toute sorte.

Accès : Le site de la Pyramide lui-même reste ouvert jour et nuit et ne fait l'objet d'aucune surveillance particulière. Zone privée, le parc industriel Paris-Nord II est en revanche maillé de caméras, et des maîtres-chiens de la société Athena effectuent régulièrement des patrouilles : toute manifestation s'accompagnant de bruit (musique, discours) ou de lumière (feux) est donc susceptible d'être rapidement détectée.

Capacité : La plate-forme doit pouvoir accueillir une quarantaine de personnes, cinquante si certains se tiennent debout sur les dernières marches des deux escaliers.

André était à la fois content – « C'est ça, c'est exactement ce que je veux ! » – et déçu – « On sent que tu te brides : dis-m'en plus ! Comment as-tu trouvé cet endroit ? Qu'est-ce qu'il t'évoque ? Quel type de cérémonie pourrait-on y organiser ? J'ai besoin d'idées, pas seulement d'informations ! »

Je me remis fébrilement à l'ouvrage, précisant le décor, accumulant les détails et les références. Ce projet était un rêve d'écrivain : il s'agissait non plus de captiver des lecteurs, mais, littéralement, de subjuguer des fidèles en créant de toutes pièces une dramaturgie religieuse. J'y passai des semaines, imaginant de véritables messes urbaines qui mêleraient prières de rue et exercices spirituels. André m'avait demandé d'éviter toute mythologie : il ne voulait pas s'encombrer de dieux ni de saints, et souhaitait rester au maximum dans le registre vague des « forces ». Alors j'échafaudai de longs parcours d'initiation nocturnes au cours desquels les fidèles s'éprouvaient au contact de divers phénomènes – circulation, violence, combustion – et inventaient des retraites au plus profond de la ville, là où le spectre urbain se manifeste dans toute son ampleur.

Campant dans les bureaux d'André, je m'efforçais de rendre ma présence la plus discrète possible, mais rien ne lui échappait, il remarquait chaque bibelot déplacé, chaque livre consulté, et, les remettant ostensiblement à leur place, poussait de petits soupirs excédés, tout en m'assurant les lèvres pincées que « tout allait bien ». Parfois, il s'arrêtait au beau milieu d'une phrase pour chasser une miette ou examiner une tache. Je finis par ne même plus oser dormir sur le canapé, préférant m'assoupir, la tête aux creux des bras, sur le bureau qu'il m'avait assigné. André prenait un malin plaisir à arriver le plus tôt possible pour me réveiller : l'œil circonspect, il me regardait émerger, veillant à ce que mes mouvements encore mal assurés n'aillent rien déranger. Rapidement, ce local devint une nouvelle prison, comme si, pour échapper à une ville qui m'asphyxiait, je m'étais jeté dans une autre souricière, un piège encore plus étroit que celui dans lequel j'étais précédemment enfermé.

Pour hâter ma délivrance, je mis les bouchées doubles, dormant le moins possible et employant l'essentiel de mes nuits à concevoir des rituels capables de livrer la ville au saccage d'adeptes surexcités. Voulant provoquer fièvres et panique, je rêvais de cérémonies qui dérapent, de transes qui enflent, déferlent dans les rues et emportent tout sur leur passage. Sachant ces projets peu compatibles avec les buts commerciaux d'André, j'essayais de donner le change, affectant la distance, la neutralité qui sied à un intervenant extérieur. Je ne faisais connaître mon avis que quand on me le demandait, respectant les délais impartis et les desiderata de mon commanditaire. Ajustant au plus près mon masque d'anonymat, je lissais mon discours et mes traits, faisant, dès que l'occasion s'en présentait, acte de transparence, me retranchant au maximum derrière ma fonction. J'étais figurant, silhouette identifiée, comme aux génériques des films, par ses seuls attributs.

Mais, sous ces dehors loyaux et professionnels, je m'ingéniais à truffer chaque projet de situations prêtes à dégénérer, choisissant, pour allumer les brasiers du futur culte d'André, des sites que je savais dotés de systèmes anti-incendie perfectionnés, ou planifiant, par pure provocation, des cérémonies et des processions au voisinage d'écoles ou de commissariats.

J'envisageai même de provoquer des bagarres entre sectateurs, proposant à André d'installer son église dans des bâtiments qui, je le lui certifiai la main sur le cœur, avaient été totalement abandonnés par leurs anciens occupants, tels le temple antoiniste de la rue Vergniaud (XIIIe), le magnifique siège de la Société théosophique de Paris, square Rapp (VIIe), ou le sanctuaire de l'Ordre soufi international, dont les arches métalliques flamboient au sommet de la colline de Suresnes. Aucune de ces constructions, en réalité, n'était vacante : toutes continuaient à accueillir des cérémonies, et j'espérais, en encourageant André à les annexer, provoquer les réactions les plus vives chez les adeptes qui s'y réunissaient. Tels ces adolescents satanistes incendiant chaque été de vieilles églises norvégiennes, je voulais submerger de violence les statues et les lumignons de l'autel du Bouddha, sous la dalle du quartier des Olympiades (XIIIe), et les clochers bleus et bulbeux du skit du Saint-Esprit, dans le Bois du Fay.

Étude n° 2

Le 8 avril 2009, Sotheby's a procédé à la vente de la bibliothèque d'Emmanuel d'Astier de La Vigerie, résistant et fondateur du quotidien *Libération*. Comme c'est l'usage, les pièces mises aux enchères ont été préalablement exposées. Je suis allé les voir (j'étais alors supposé travailler à un livre sur les collectionneurs, projet vague qui n'était qu'un prétexte pour traîner dans les salles de ventes). Dans une vitrine, je suis tombé en arrêt devant un carton envoyé par Georges Bataille à certains de ses amis en 1937. C'était un in-octavo carré à rabats de percaline jaune plié en portefeuille. Au recto était collée une carte de la forêt de Marly avec un itinéraire dessiné, et au verso figurait le texte suivant : « À partir de maintenant, ta joie foulera aux pieds et avilira ton repos, ton sommeil et même tes souffrances. Souviens-toi que la vérité n'est pas le sol stable, mais le mouvement sans trêve qui détruit tout ce que tu es et tout ce que tu vois. Souviens-toi que la vérité est dans la guerre. Tu n'auras de cesse avant de t'être fait reconnaître comme un homme portant en lui un espoir assez grand pour exiger tous les sacrifices. Ce mémento te représentera maintenant que tu n'as plus de paix à attendre de toi-même. »

C'était, expliquait le catalogue édité par Sotheby's, une invitation à une cérémonie d'Acéphale, une société secrète que Bataille avait créée et animée pendant plusieurs années. Ignorant cet épisode de la vie de l'écrivain, j'effectuai des recherches : la documentation disponible était assez mince, car les membres d'Acéphale avaient juré de garder le secret et, pour l'essentiel, respecté ce vœu. Ne subsistaient que quelques textes assez abstraits de Bataille lui-même, et la correspondance de deux anciens adeptes, Patrick et Isabelle Walberg, dont certaines lettres évoquaient le groupe et ses rituels.

Il ressortait de ces maigres éléments qu'Acéphale était une communauté dont les adeptes « refusaient l'ennui » et vivaient « seulement de ce qui fascine », jugeant que la vie ne trouvait « sa grandeur et sa réalité que dans l'extase et l'amour extatique » (Bataille, *La Conjuration sacrée*, 29 avril 1936). Ils se réunissaient la nuit dans la forêt de Marly au pied d'un chêne foudroyé, brûlaient des morceaux de soufre pour exprimer « la réalité volcanique de la terre », offraient leurs mains à la flamme de torches et allaient « au-devant d'une présence » qui remplissait leur vie « de raison d'être » (Bataille, *Instructions pour la rencontre en forêt*, 25 mars 1937).

Intrigué, j'ai voulu retrouver le lieu de ces célébrations. L'itinéraire figuré sur le carton de la collection d'Astier partait de la gare de Saint-Nom-la-Bretèche. Or celle-ci n'existait plus, en tout cas plus sous ce nom... Vérification faite, l'arrêt avait simplement été rebaptisée « Saint-Germain-en-Laye – Bel Air – Fourqueux ». Un soir, gare Saint-Lazare, je suis monté dans la ligne L du Transilien, qui dessert la station.

« Ne reconnaître personne, ne parler à personne et prendre une place à l'écart des autres », ordonnait Bataille aux membres d'Acéphale dans une lettre du 25 mars 1937 invitant les membres d'Acéphale à une rencontre en forêt. Je me conformai à ces instructions. Une fois sur place, je consultai le plan d'époque, qui, difficulté supplémentaire, ne comportait aucun nom de rue (il n'était en effet qu'indicatif : à leur descente du train, les conjurés d'Acéphale étaient attendus par un membre du groupe qu'ils devaient suivre, en file indienne, jusqu'au lieu de rendez-vous). Je supposai que le chemin qui, sur le dessin du carton, partait de la gare pour aller jusqu'à l'orée de la forêt suivait la rue du président Roosevelt. J'arrivai ainsi jusqu'à l'étoile Montaigu (dans la forêt de Marly, les carrefours s'appellent des « étoiles »). Il faisait désormais nuit noire et, au lieu de prodiguer une clarté rassurante, ma lampe torche, insuffisamment puissante, ne parvenait qu'à agrandir les ombres, métamorphosant la végétation en formes monstrueuses.

« Je sens, si près de moi, la présence des éléments, et c'est comme si, autour de moi, tout se mouvait », écrit Henri Dussat, un adepte d'Acéphale, dans un texte de méditation daté du 13 janvier 1938. Seul dans les bois obscurs, je comprenais parfaitement ce qu'il voulait dire. Je n'étais en revanche pas sûr de le suivre quand il allait jusqu'à souhaiter que « [sa] mort lui apparaisse » : j'étais, pour ma part, suffisamment troublé pour me passer de visions intempestives.

J'ai poursuivi, traversant successivement l'étoile de la Taupière, puis l'étoile du Marcassin. À l'étoile Parfaite, j'ai tourné à gauche et, à l'étoile Aimable, bifurqué légèrement sur la droite. En 1937, Bataille jugeait que « seuls la nuit et le silence » pouvaient donner un « caractère sacré » au lien qui unissait les conjurés d'Acéphale. Mais, soixante-dix ans plus tard, la forêt de Marly n'était plus qu'imparfaitement obscure : traversée de part en part par la route départementale 98, elle était périodiquement illuminée par le faisceau de phares que le réseau des branchages tramait d'ombre. Pour poursuivre mon chemin, il me fallait traverser cette route où les véhicules ne descendaient pas en dessous de 90 km/h. Les cervidés semblant y parvenir sans difficulté (sur les panneaux de signalisation, on voyait la silhouette d'un grand daguet se préparant, les pattes levées, à sauter sur le bitume), je m'y risquai.

De l'autre côté de la départementale, le chemin s'inclinait en pente douce, et la nuit reprit rapidement toute sa consistance. Je m'efforçai d'ignorer les bruits équivoques qui proliféraient alentour. À en croire l'invitation dessinée par Bataille, j'approchais du but. Je ralentis, cherchant l'« arbre foudroyé » sur le « sol marécageux » de la clairière où se révélait « le règne de l'abandon et de la ruine » (Lettre aux membres d'Acéphale, mars 1937). L'abandon et la ruine étaient bien là, mais d'arbre foudroyé, point. Je continuai à avancer. Brusquement, un déferlement de bruits et de lumière pétrifia la forêt, révélant, juste devant moi, un grillage haut de deux mètres et, au-delà, une tranchée au fond de laquelle brillaient des rails. Surpris et étourdi, je consultai le plan : j'étais sur le bon chemin. Je suivis la voie ferrée sur une dizaine de mètres, jusqu'au point figurant l'emplacement exact du sanctuaire. Mais, à la place du tronc noirci dans lequel les conjurés reconnaissaient la « présence muette » de l'Acéphale, il n'y avait que les quais déserts d'une gare de banlieue, celle de Saint-Nom-la-Bretèche – Forêt de Marly : le totem avait disparu sous le ballast et le béton.

Il convient de ne pas s'arrêter à cet échec. Auréolé du prestige que lui confèrent ses membres (outre Bataille, l'écrivain Pierre Klossowski a, un temps, participé aux réunions), Acéphale est une entreprise suffisamment évocatrice pour que ses mythes et ses rituels puissent être réutilisés aujourd'hui, même avec quelques variantes. S'il est désormais impossible de se rassembler au pied de l'arbre foudroyé, on peut en revanche imaginer des célébrations dans la gare elle-même : une liturgie d'Acéphale dans un lieu fonctionnel pourrait en décupler la charge d'étrangeté, surtout si la cérémonie a lieu en présence d'usagers n'ayant aucune idée de ce qui se joue sous leurs yeux.

Alternativement, on peut facilement trouver dans la forêt d'autres lieux de réunion. Il y a, vers Saint-Germain-en-Laye, les ruines du château fort de la Montjoie, où ont eu lieu les premières cérémonies d'Acéphale (Bataille y a, un jour, enterré un crâne de cheval, sans jamais préciser ce que signifiait ce geste). Les sous-bois de Marly sont par ailleurs riches d'arbres aux formes évocatrices : non loin de l'emplacement où s'élevait le chêne foudroyé existe un tronc dont les racines, déformées par une énorme excroissance, ressemblent à la gueule démesurément ouverte d'un éléphant de mer.

Il serait, sur de tels sites, possible de réactiver le culte d'Acéphale, avec ses règles (silence, exactitude, radicalité), sa hiérarchie (les adeptes étaient d'abord « larves », puis « muets » et enfin « prodigues ») et son serment : « Nous entrons ici dans l'EMPIRE auquel appartiennent notre souffle, nos actes et même notre absurdité la plus secrète – EMPIRE où la mort est présente sous un aspect spectral, où tout est enfin livré à la tragédie du temps qui ne cesse pas sa fuite. Nous nous engageons à donner notre existence à cet EMPIRE – de telle sorte qu'il fasse de la vie une puissance et un jaillissement. Aujourd'hui nous nous engageons solennellement à maintenir le premier lien de notre communauté : les interdits de la forêt où nous l'avons fondée. »

André jugea mes suggestions sans intérêt (« Des réunions la nuit en forêt ? Franchement, une idée pareille, je peux l'avoir tout seul ! »). Acéphale, en revanche, était à ses yeux une piste intéressante.

« Tu comprends, m'expliqua-t-il, au niveau commercial, le problème de la secte, c'est le gourou. » Je hochai poliment la tête. « Discours, rites, recrutement : tout repose sur lui. Le hic, c'est que le gourou est souvent incontrôlable. Et s'il lui arrive quoi que ce soit, la secte n'a plus qu'à mettre la clef sous la porte. Pour construire un projet entrepreneurial durable, il faut donc une religion sans gourou. » Logique, mais quel rapport avec Acéphale ?

« Mais il est évident ! s'énerva André. Tu ne vois pas que les cultes conçus par des écrivains sont les seuls à être suffisamment solides pour résister à la disparition de leur fondateur ? C'est parce qu'ils reposent sur des textes, et non sur la seule séduction d'un leader. Regarde la scientologie : la mort de L. Ron Hubbard ne l'a pas empêchée de prospérer, bien au contraire. Tu sais qu'il était à l'origine auteur de science-fiction ? Un peu tâcheron dans l'ensemble, mais il y a quand même quelques nouvelles pas mal. C'est par le biais de l'écriture qu'il s'est lancé dans la religion : il a rédigé une sorte de livre saint, *La Dianétique*, et en a fait publier un extrait dans *Astounding Science Fiction*, périodique auquel il collaborait à l'époque. La couverture du magazine, qui annonçait pour l'occasion une "nouvelle science de l'esprit", s'ornait d'un dessin d'extraterrestre velu habillé en Viking. Les lecteurs se sont arraché le numéro, puis sont venus en masse aux séminaires de Hubbard : la scientologie était née. Pour nourrir l'enseignement de son Église, il a continué à publier des romans – lis *Terre champ de bataille* ou *Mission Terre* ! –, si bien qu'à sa mort l'organisation disposait d'un corpus suffisant pour fonctionner sans lui.

« Même stratégie chez le Britannique Aleister Crowley, chantre du "retour à la magie" au début du XXe siècle : il a commencé comme poète et n'a ensuite jamais cessé d'écrire, alimentant sa secte en légendes, prières et instructions variées. Ces rituels raffinés ont attiré quantité d'artistes qui, une fois le Maître décédé, ont pris sa relève, constituant tout autour du mouvement une sorte de continuum mystico-culturel, un dégradé de films, de livres et de morceaux de musique qui a permis à l'enseignement de Crowley de se perpétuer jusqu'à aujourd'hui. »

Acéphale était aux yeux d'André un projet de même ampleur. À une exception près, objectai-je : le groupe n'avait duré que deux ans, de 1937 à 1939 ! « Qu'importe ! s'agaça-t-il. Bataille ou pas, on pourrait reconstituer Acéphale à l'identique aujourd'hui ! Compare avec l'église devant laquelle on s'est rencontrés : privée de pasteur, elle n'existe plus. »

Il pensait disposer là d'une recette infaillible. J'étais pour ma part plus sensible aux immenses possibilités narratives qu'ouvrait son raisonnement. Car enfin, avançai-je, pourquoi s'arrêter en si bon chemin ? Quantité d'œuvres littéraires sont calquées sur des ouvrages religieux : pourquoi ne pas les prendre au premier degré et les traiter effectivement comme des livres sacrés ? Les nouvelles de l'écrivain fantastique américain H. P. Lovecraft dessinent, texte après texte, la mythologie des « grands anciens », celle de Cthulhu, Nyarlathotep et Shub-Niggurath, êtres monstrueux qui auraient peuplé la terre avant l'arrivée de l'homme et dont l'influence délétère serait encore perceptible dans quelques endroits reculés et maudits. Couplées à des rituels évocateurs, ces histoires constituent une religion prête à l'emploi (j'avais du mal à croire que personne n'y eût pensé plus tôt). Même chose pour Philip K. Dick : ses récits d'univers parallèles et de perceptions altérées pouvaient aisément se transformer en exercices spirituels, voire en culte organisé (Philip K. Dick lui-même n'avait-il pas fini catholique ?). Films, romans, jeux vidéo : les exemples étaient innombrables, les richesses à portée de main.

Mais André n'aimait pas mon idée, et ce bien qu'elle fût source d'économies substantielles (recycler des mythes existants est en effet bien moins coûteux que d'en inventer de nouveaux) : il craignait que des développements narratifs trop baroques ne fassent fuir les recrues potentielles. J'insistai, revins à la charge, argumentai sans fin, mais il ne voulut rien entendre. Pire, mon activisme finit par l'agacer : nous eûmes, plusieurs jours de suite, des échanges assez vifs. En désespoir de cause, je l'accusai de manquer de vision, ce qui eut pour effet de le faire sortir de ses gonds : manquer de vision, lui, le pionnier de l'entreprenariat religieux ! Il se vexa, et un froid durable s'installa entre nous. Soudain excédé de m'avoir tout le temps dans les jambes, il m'enjoignit de me trouver un logement : fini le camping !

Grâce à mes premiers honoraires de consultant en implantation religieuse, je louai un petit meublé dans le XIIIe et, par orgueil, espaçai mes visites dans les bureaux d'André, m'abandonnant pour un temps à la volupté d'un quotidien suspendu, transitoire, en instance de modifications ultérieures. Je me plongeais dans les livres d'Aleister Crowley, dont j'ignorais tout, et, voyant qu'il avait séjourné à Paris au début des années 20, me mis en tête de rechercher des traces de son passage, sans doute avec l'espoir d'évoquer le nuage de soufre dont la « Bête 666 », comme Crowley aimait à se surnommer, était systématiquement auréolée. Je parvins à retrouver son quartier général au 50 rue Vavin, dans un petit immeuble autrefois occupé par l'hôtel de Blois (la porte d'entrée s'ouvre aujourd'hui entre une boutique de vêtements féminins Marie Brunon et le restaurant Le Parc aux Cerfs). C'est là (je ne pus identifier avec précision l'étage) que Crowley préparait, à l'attention des riches héritières venues le consulter et, pour une part non négligeable d'entre elles, coucher avec lui, des cocktails « Kubla Khan n° 2 », mélange de laudanum et de divers alcools. Chassé de l'hôtel pour impayés le 1er mai 1921, il s'était réfugié en Seine-et-Marne, à Chelles, dans une auberge à l'enseigne du Cadran bleu que, malgré tous mes efforts, je ne parvins pas à localiser.

Au bout d'une semaine de divagations rêveuses, je m'inquiétai : et si André finissait par me remplacer par un autre, plus brillant, plus drôle, mieux informé ? Outre la blessure d'amour-propre – et le manque à gagner ! –

qu'aurait suscitée un tel licenciement, quitter le service de cet écrivain vieillissant m'aurait privé d'un poste idéal pour préparer, en sous-main, le déchaînement mystique qui devait submerger Paris. Ravalant ma fierté, je repris servilement ma place auprès d'André et, me faisant tour à tour flatteur, câlin, voire obséquieux, m'efforçai de regagner les faveurs de mon employeur. Ravi de me retrouver dans d'aussi serviables dispositions, celui-ci m'affecta aux tâches les moins gratifiantes, m'envoyant faire la queue au bureau des cultes du ministère de l'Intérieur pour me renseigner sur les procédures de déclaration d'association religieuse, ou au service des impôts de mon arrondissement pour prendre connaissance des exemptions fiscales auxquelles avaient droit les groupes cultuels.

Je courbai l'échine, attendant mon heure.

Étude n° 3

Depuis 1990, plus aucun train ne circule sur le chemin de fer dit de la « Petite Ceinture », qui fait le tour de Paris sur 32 kilomètres à l'intérieur des boulevards des Maréchaux. Malgré quelques démantèlements isolés (porte d'Auteuil, porte d'Aubervilliers), l'essentiel des ouvrages de cette ligne (tunnels, ponts, quais) sont toujours en place. Pariant que certaines de ces structures pourraient être transformées en lieux de culte, j'ai entrepris de faire le tour des voies existantes afin de tester la validité de cette intuition.

Au terme de cet examen, une seule construction se révèle véritablement intéressante. Il s'agit du tunnel de Belleville, qui s'étend sur un peu plus d'un kilomètre sous la colline du même nom, entre la rue de la Mare (XXe) et le parc des Buttes-Chaumont (XIXe). Suffisamment long pour que la lumière ne puisse y pénétrer, il est en outre coudé, ce qui empêche quiconque s'y aventure de distinguer la sortie. Rue de la Mare, l'entrée est défendue par une grille haute de trois mètres. Côté Buttes-Chaumont, en revanche, le tunnel est accessible aux heures d'ouverture du parc. Les abords du tunnel sont encombrés d'ordures et d'éléments de mobilier – matelas souillés, meubles détruits –, mais, contrairement à plusieurs autres sites ferroviaires, on n'y distingue aucune trace de campements. Dans le demi-jour foisonnent des bandes de métal tordues et rouillées dont l'origine est difficile à déterminer.

Une fois à l'intérieur, le jour décroît graduellement, jusqu'à ce que l'obscurité devienne absolue au milieu du parcours. On ne distingue alors, devant et derrière soi, que les pastilles lumineuses des deux issues. La longueur de l'ouvrage (1 124 mètres) empêche la lumière de trop varier, ce qui, immanquablement, provoque chez celui qui le traverse la sensation de faire du surplace : la distance paraît s'allonger sans que la sortie s'approche. Aux deux tiers du chemin, de l'eau grasse tombe de la voûte : c'est la cascade des Buttes-Chaumont qui suinte à travers la pierre. Hormis la chute des gouttes, les seuls sons que l'on entend à l'intérieur sont ceux du ballast qui crisse sous les chaussures et des animaux qui glissent le long des murs (rats, souris, chats peut-être ? Ils filent trop vite pour qu'on puisse les identifier). Dans ce silence, le moindre bruit prend des proportions démesurées : la sonnerie de mon téléphone, qui a retenti à mi-parcours (observation de terrain : il y a du réseau sous les Buttes-Chaumont), m'a fait violemment sursauter, tout comme le clochard, invisible dans la pénombre, qui a soudain toussoté à quelques mètres de moi (il était venu s'abriter de la pluie, qui avait commencé à tomber peu après mon entrée dans le tunnel).

L'isolement et l'architecture générale du lieu en font un cadre propice à des célébrations religieuses. La seule véritable contrainte est l'absence totale de lumière, même en plein jour. On peut tenter d'y remédier en organisant des messes aux flambeaux ou des transes collectives rythmées par l'explosion de feux d'artifice. Si l'on choisit au contraire d'opérer dans l'obscurité complète (les issues du tunnel peuvent être masquées par un simple rideau), il faut prévoir une liturgie entièrement sonore (chants, musique, bruitages et cris), voire lâcher au milieu des adeptes des animaux ou des figurants susceptibles, par frôlement, de suggérer les mouvements de créatures non humaines.

Dans une telle crypte, on pourrait même envisager un culte dont les fidèles anonymes viendraient, nus, s'éprouver dans le noir et se chuchoter les confessions les plus intimes. Ces rencontres auraient lieu au centre de l'ouvrage, zone la plus résolument obscure. Les participants n'y parviendraient qu'au terme d'un parcours initiatique et, pendant les cérémonies, un célébrant équipé de lunettes à infrarouge resterait à l'affût de tout débordement. Il aurait même la possibilité d'intervenir dans les ébats et de provoquer des rencontres, guidant les individus les plus inhibés.

Ayant défini l'activité de sa future entreprise – un groupe religieux à but commercial privilégiant les expériences de groupe plutôt que la direction de consciences –, André avait continué à appliquer les principes conseillés dans le manuel de Pierre Maurin, *Le Business Plan en clair*. Exposant les « éléments techniques et commerciaux de la création de société », l'ouvrage recommandait au futur entrepreneur d'analyser, avant de se lancer, le positionnement des offres concurrentes par le truchement d'enquêtes de terrain.

Suivant ces conseils à la lettre, nous avons, dans les semaines qui ont suivi, effectué de longues visites aux salons Zen et Parapsy, qui se tiennent chaque année à l'espace Champerret ; assisté à des séminaires d'initiation au *channelling*, au voyage astral et à l'alchimie ; honoré le Soleil, invoqué la pluie et prié la Lune ; fait le vide, chanté, dansé, et ce sans jamais nous départir du sourire béat qui, avec la diction ralentie, est le signe de reconnaissance des amateurs de spiritualité.

Chaque soir, j'évaluais chacune des offres testées selon trois critères : coût/bénéfice ; type de public ; fréquence des célébrations. Je faisais des fiches sur la Communauté des Béatitudes, sur les Guerriers de l'Arc-en-Ciel et sur les Enfants de Dieu. Je disséquais les pratiques de l'aumisme, du centre du Paraclet et de la Conscience de Krishna. Je synthétisais les enseignements de l'Église philosophique luciférienne, des Amis de la science du non-être et du groupe Baal-Contrat. Je lisais les bulletins de l'Ordre hermétique de l'Hermine d'argent, les comptes rendus de l'association Ontologie et mysticisme, Ciel et Terre, et les livres édités par le club des Ondes vives.

L'initiation étant ce que ces mouvements avaient de mieux à offrir, je passai des moments délicieux en compagnie d'adeptes pleins de sollicitude m'expliquant avec passion les arcanes de leurs croyances. Leurs discours, souvent confus, se mâtinaient par moments d'expressions étonnamment familières, le druidisme ou la théosophie étant brusquement qualifié(e), par souci d'établir un lien plus direct avec l'auditeur, de « truc énorme » susceptible d'« exploser la tête » (« tu vois ? »).

On me donnait des brochures, des disques et des cristaux, on me prenait la main, le bras et les épaules, on me massait le crâne, les pieds et le cou, on me jouait de la musique, on me faisait boire du thé et respirer diverses essences, mais surtout, surtout, on me racontait des histoires. De civilisations lointaines dont nous étions les émanations imparfaites. De forces inconnues qui, sans que je le sache, ravageaient mon corps et mon cerveau. De refuges merveilleux creusés sous la terre ou cachés au plus profond de l'espace. Et de secrets immémoriaux conservés par une société d'élus. Ces récits, interminables, péchaient souvent par une obscurité excessive. Mais il émanait de ceux qui les proféraient une telle force que, intrigué, je m'appliquais à suivre le fil embrouillé de ces mythologies de poche, curieux des fulgurantes révélations dont on me promettait l'avènement.

On pénétrait dans tous ces groupes avec une déconcertante facilité : les prétextes et couvertures que j'avais l'habitude d'invoquer pour infiltrer les milieux les plus divers étaient ici totalement inutiles, les adeptes étant animés d'un tel désir de prosélytisme que la curiosité seule valait passeport. Même les mouvements qui, à mon sens, auraient dû redouter les intrus m'ouvrirent largement leurs portes et m'exposèrent leurs convictions.

Je visitai temples, chapelles et oratoires. On me montra des autels de fortune sur lesquels trônaient, bariolées, des idoles de plâtre, et des salles totalement nues mais habitées, m'assurait-on, de forces invisibles. Je descendis dans des caves ornées de pentacles géants et dans des garages seulement éclairés par quelques bougies. À Saint-Denis, dans les hangars investis par les mouvements évangéliques, je découvris d'immenses fresques à la bombe représentant non pas, comme c'était le cas le long des voies ferrées toutes proches, des lettrages surdimensionnés et des masques grimaçants, mais au contraire des christs souriants et des saints aux têtes surmontées d'auréoles multicolores.

Une certaine catégorie d'églises, camouflées au cœur même d'autres lieux, restaient cependant virtuelles : dans quelques gymnases, une fois les entraînements terminés, on fermait les portes et rangeait les agrès pour s'allonger sur le sol et psalmodier en chœur. Une poignée de petits théâtres étaient également munis de doubles-fonds : les cours qu'y donnaient, le jour, des professeurs particulièrement exaltés n'étaient que les étapes préparatoires aux sabbats qui s'y déroulaient la nuit (l'expression corporelle étant, comme l'exercice physique, un vecteur particulièrement efficace pour la séduction spirituelle).

Ce long travail de terrain me permit d'identifier avec précision les quatre grandes familles qui se partagent le marché de l'expérience extatique de groupe. Il y a d'abord (1) les églises d'inspiration évangélique, qui prêchent, pour l'essentiel, une théologie de la réussite (« Dieu peut vous rendre plus riche que dans vos rêves les plus fous »). L'efficacité de leurs rites, associant chorégraphies hip-hop et transe collective, leur assure une situation de quasi-monopole dans les quartiers défavorisés. Elles peinent, en revanche, à séduire au-delà. On trouve ensuite (2) les « sectes » proprement dites, à savoir la scientologie, le mouvement raëlien, la méditation transcendantale et, plus largement, toutes les chapelles qui ont fait fortune dans les années 1980. Aujourd'hui, ces mouvements périclitent, car leur offre n'est tout simplement plus adaptée à la demande : les consommateurs sont toujours prêts à payer pour des expériences spirituelles, mais ils ne veulent plus ni dogmes ni contraintes. Il leur faut du festif et des services personnalisés.

Viennent ensuite (3) les collectifs que, faute d'un terme plus approprié, j'appellerai « écoles », par quoi je désigne les petites bandes constituées autour d'une figure tutélaire (philosophe, metteur en scène, leader politique, etc.) et qui sont engagées corps et âme dans un travail doctrinal si ardu qu'il frise parfois l'ésotérisme. Les groupuscules successivement mis en place par l'essayiste français Medhi Belhaj Kacem – la revue *EvidenZ*, le parti événementialiste, le séminaire « La Cellule », etc. – sont assez représentatifs de cette tendance, tout comme la communauté du Jeu du Phénix, un tarot « philosophique » conçu et développé par l'écrivain Vincent Cespedes. Générant des flux financiers négligeables, ces « écoles » disposent cependant d'un fort potentiel, car elles sont considérées comme des mouvements culturels et échappent, de fait, à l'étiquette religieuse. Attrait supplémentaire, elles recrutent dans les couches socioprofessionnelles les plus favorisées.

Dernière catégorie (4), les nouveaux directeurs de conscience, ces consultants qui, privilégiant les techniques plutôt que le discours du religieux, proposent des rituels élaborés de connaissance de soi, souvent sous la forme de séances de *coaching*. Ce sont eux, les sportthérapeutes, les développeurs de potentiel et les conseillers en performances, qui présentent les meilleurs taux de croissance. Souvent diplômés d'écoles de commerce, ils prétendent également avoir été novices dans un monastère ou élèves dans un ashram où ils auraient conçu une sorte de parcours d'obstacles mental censé révéler l'individu à lui-même et synthétisant les enseignements de l'ascèse, de la psychologie et de la sociologie. Leurs cabinets organisent des retraites collectives et des séminaires d'entreprise. Très spectaculaires, les exercices pratiqués jouent sur le registre émotionnel : il y a la cérémonie dite de la « piscine d'eau chaude », où un sujet entièrement nu, porté par le *coach*, est immergé devant tout le monde dans l'eau fumante d'un sauna ; et celle du « drap blanc », où les participants doivent se tenir debout sur une pièce de tissu que l'on replie au fur et à mesure, obligeant le groupe à se resserrer de plus en plus, jusqu'à la fusion.

Cumulant les rôles de thérapeute, de confesseur et de conseiller de l'ombre, les *coachs* ont en outre réussi là où ont échoué la majorité des entrepreneurs spirituels : ils sont parvenus à s'insérer dans le tissu social et économique. Ils ont pignon sur rue, disposent d'écoles, de centres de traitement et de cabinets de consultants, et interviennent indifféremment auprès de particuliers, de groupes constitués ou de grands patrons. Les périodiques de *management* célèbrent leurs réussites, et les magazines féminins l'efficacité de leurs services. Loin de l'image de charlatans exaltés que véhiculent nombre de leaders religieux, les *coachs* bénéficient au contraire d'une réputation de sérieux et de professionnalisme : on loue leur neutralité et l'économie de leurs moyens.

Jaloux, André enviait le succès des *coachs* et, tel le capitaine Haddock cherchant, au début des *Sept Boules de cristal*, à découvrir le truc de Bruno, le « roi des illusionnistes », s'échinait à percer leurs secrets. Une fois bouclé mon audit du marché sectaire, il me demanda d'enquêter sur les méthodes des plus efficaces d'entre eux.

On ne dira jamais assez combien il est agréable de suivre quelqu'un, d'oublier son quotidien pour s'immerger silencieusement dans celui d'un autre. Les objets les plus simples, les gestes les plus anodins deviennent brusquement énigmatiques : pourquoi la personne suivie a-t-elle salué cet homme ? Et pourquoi hésite-t-elle devant cette porte ? On note les numéros, on repère les trajets, les contacts, on va parfois jusqu'à écouter les conversations, sans parvenir à éclaircir totalement certains points, qui resteront à jamais obscurs. À force de la pister, de l'attendre, de la perdre parfois, la cible finit par occuper tout l'espace de notre vie : on ne vit plus que pour elle. Existe-t-il une sensation plus délicieuse que celle de ne plus s'appartenir ? Sans responsabilités, sans horaires ni devoirs, on est uniquement préoccupé d'une silhouette dans la rue.

André m'avait soumis une liste de dix « conseillers en développement personnel » sur lesquels il souhaitait obtenir des renseignements précis. J'ai procédé avec méthode, observant ces individus à la jumelle et au téléobjectif, interrogeant leurs collaborateurs et leurs voisins et allant consulter les résultats financiers de leurs sociétés aux greffes des tribunaux de commerce. Bronzés et manucurés, ces *coachs* s'efforçaient d'être des publicités vivantes pour les conseils de réussite personnelle qu'ils prodiguaient au tarif de 150 euros l'heure. Une fois leur environnement cartographié, j'ai pris rendez-vous avec chacun d'entre eux, enregistrant leurs commentaires pendant la séance avec le dictaphone de mon téléphone portable. Lorsque je remis ces captations à André, il les écouta en boucle, au casque, dans sa voiture, au lit, espérant y glaner des idées susceptibles d'enrichir ses projets. Mais, pour les avoir personnellement subies, je savais qu'il n'y avait rien dans ces interminables litanies comportementales, rien que des concepts creux modulés d'une voix chaude.

Vivant les sectes comme un gigantesque livre d'images, je trouvais pour ma part les *coachs* très décevants : leurs enseignements étaient sans relief, leurs méthodes bêtement efficaces, et eux-mêmes étaient dépourvus de cet inquiétant désir de contrôle qui fait du gourou le moins remarquable un personnage captivant. Signe de leur inconséquence, les *coachs* n'étaient la cible d'aucune association de lutte antisectes. Or seuls ces militants savent donner leurs lettres de noblesse aux religions minoritaires et transformer une réunion folklorique de mystiques du dimanche en une sinistre entreprise d'aliénation mentale. J'avais la nostalgie des brochures alarmistes dont ils abreuvaient les établissements catholiques où j'ai effectué ma scolarité : c'était là que, sous le fallacieux prétexte de prémunir mon jeune esprit contre toute tentative d'embrigadement, j'avais découvert, fasciné, les méfaits du messie d'Hollywood, Charles Manson, et les machinations mondiales du révérend Jim Jones. À la même époque, le centre de documentation de mon collège avait fait l'acquisition de quelques livres consacrés aux sectes. Je gardais un souvenir délicieux de *L'Empire Moon*, qui faisait un récit merveilleusement paranoïaque de l'infiltration de la droite française par les troupes anti-communistes du « révérend » sud-coréen Sun Myung Moon ; et surtout de *Sectarus* (sous-titre : *Le violeur de conscience*), signé d'un mystérieux « Commandant J.-P. Morin » et dont la couverture noire s'ornait d'une gorgone grimaçante…

Plutôt que d'enquêter sur les *coachs*, j'aurais préféré pister un de ces personnages outranciers qui peuplaient les pages de mes lectures d'adolescent. Des individus comme Keith Raniere, « l'homme le plus intelligent du monde », grand prêtre d'une doctrine de la réussite inspirée des romans d'Ayn Rand, chantre de l'ultra-capitalisme américain. Le groupe de « modification comportementale » de Raniere, baptisé NXIVM, prêchait la confiance en soi avec des accents messianiques et avait réussi à séduire les deux héritières de Seagram, le groupe mondial de spiritueux. Le gourou vivait en reclus à Albany, dans l'État de New York, élevait un enfant-messie et lançait des détectives privés (forcément douteux, forcément pervers) aux trousses de tous ses adversaires. Il avait même tenté de séduire le régime qui, en Libye, avait succédé à celui du colonel Kadhafi, dans l'espoir de relocaliser son groupe, en butte à de multiples procès, à Tripoli.

C'est ce genre de prophètes qui me plaisait : les Ron Hubbard, père de la scientologie, sillonnant les mers pour échapper au fisc américain ; les Mary Ann DeGrimston, fondatrice de la Process Church, allant prêcher, pectoral d'argent au cou, devant les branchés londoniens des années 60 ; les Wilhelm Reich, psychanalyste déchu menant un combat mental titanesque contre le Grand Modju, entité extraterrestre invisible ; et les Ernest Gengenbach, prêtre défroqué proclamant, en aube et surplis, sur la scène du Centre théosophique : « Satan est à Paris ! »

Dans cette galerie de gourous déviants, mon favori était sans conteste le musicien Genesis P-Orridge, idole de mes vingt ans et survivant d'une litanie d'excès qui auraient suffi à tuer n'importe quel individu normalement constitué. Inventeur, à l'époque où les punks s'effrayaient de leurs audaces électriques, d'une musique si âpre qu'elle vidait les salles plus sûrement qu'elle ne les remplissait, Orridge était passé par toute la gamme de l'expérimentation religieuse. Il avait commencé dans la communauté britannique Exploding Galaxy, qui « libérait » ses membres de leurs blocages mentaux en modifiant constamment leurs heures de lever et de coucher et en exigeant que toutes les activités, même les plus intimes, aient lieu en public. Devenu plus tard une personnalité de l'*underground* musical londonien, Orridge avait fondé sa propre chapelle, The Temple of Psychic Youth, dont les rituels consistaient en sessions de magie sexuelle, en prises de drogues psychédéliques et en sabbats orgiaques le 23e jour du mois à la 23e heure. Le temple était adossé à un groupe de musique expérimentale, Psychic TV, qui en était la vitrine artistique.

J'aimais Orridge parce qu'il était, malgré ses dispositions manifestes à la manipulation mentale, trop jouisseur et trop narcissique pour supporter les charges d'un magistère, et qu'il finissait immanquablement par détruire les églises qu'il fondait. Après quelques années d'exercice, il avait ainsi renié le Temple of Psychic Youth pour créer un autre culte, The Process. Les membres étaient de jeunes musiciens subjugués par sa personnalité, et le signe de ralliement quatre P superposés en forme de croix. Il avait eu ensuite d'autres groupuscules, toujours plus obscurs, toujours plus exclusifs. Pour les inventer, Orridge procédait comme André, faisant des patchworks de tout ce qu'il aimait : les romans épiques de Michael Moorcock ; les exercices spirituels du poète américain Brion Gysin ; les rituels érotiques des films de Kenneth Anger. Les sectes d'Orridge étaient de véritables tableaux naïfs, surchargés de références souvent mal comprises et de phrases énigmatiques piochées dans des textes sans aucun rapport les uns avec les autres. Installé au centre de la fresque, les yeux démesurément agrandis par les psychotropes dont il faisait grande consommation, la bouche tordue en un rictus qu'il voulait sensuel, le techno-gourou paradait, aux anges.

Étude n° 4

Les lieux inaccessibles sont particulièrement adaptés au projet qui nous occupe, surtout s'ils sont placés en pleine vue : publiant l'interdit qui les frappe, ils en deviennent encore plus désirables.

De tels sanctuaires sont malheureusement très rares à Paris. J'en ai malgré tout identifié trois, remarquables par leur configuration, leur histoire ou simplement leur situation.

Le premier est la forêt de 12 000 m^2 placée au centre de la bibliothèque François Mitterrand, quai François Mauriac (XIIIe). Logée dans la fosse rectangulaire creusée entre les quatre tours de l'édifice, sa canopée affleure au niveau de la dalle : on voit les oiseaux y descendre d'un coup d'ailes pour se poser sur des arbres séparés des passants par un précipice de vingt mètres. Les salles de lecture, situées sous le parvis, s'ouvrent elles aussi sur cette forêt : par de larges baies vitrées, les usagers peuvent voir s'étager les chênes, les bouleaux et, au sommet, les pins sylvestres. Les troncs s'enracinent dans un tapis d'herbe parsemé de jacinthes, de digitales, de myosotis et de muguet. Faisant une cour de verdure dans ce cloître qu'est la bibliothèque, la forêt est totalement fermée au public, et seuls quelques jardiniers dûment agréés peuvent y entrer. Ce bois sacré peut se prêter à divers types de célébrations : on peut, par exemple, imaginer d'y jeter des graines, voire de petits animaux, et de les observer, semaine après semaine, tandis qu'ils se développent sans interaction humaine dans cet aquarium arboré. Ou bien de faire de la cime de ces arbres une sorte de table tournante, un écran ultra-sensible impressionné de phénomènes inconnus uniquement repérables à certains mouvements de branches, à certaines couleurs de feuilles. La messe ultime, à savoir la descente en rappel dans le jardin interdit, serait à la fois apothéose et holocauste, les participants étant certains d'être, à peine le pied posé sur le sol, arrêtés et lourdement condamnés.

Autre site : les tombes du XVIIe siècle qui occupent le centre de l'îlot d'immeubles situé entre l'avenue de Flandre et le quai de Seine (XIXe). Cimetière séfarade, l'endroit fut fermé en 1810 quand le Père-Lachaise ouvrit une division réservée aux juifs. En deux siècles, l'urbanisation n'a eu de cesse de se développer autour des stèles, aujourd'hui perdues au milieu d'un enchevêtrement de barrières, d'escaliers et de murets jusqu'à devenir quasiment inaccessibles. Les sépultures sont anonymes : rien n'empêche d'en faire le lieu où aurait supposément été inhumé un personnage historique ou fictionnel et de célébrer la mémoire du disparu par diverses cérémonies. Faute de pouvoir accéder à la tombe elle-même, on peut organiser des rassemblements sur les toits des immeubles les surplombant, voire sur une embarcation voguant sur le canal Saint-Martin, qui passe à une dizaine de mètres de là.

Le dernier de ces mastabas urbains est, à Gennevilliers, la zone buissonneuse et triangulaire délimitée au nord par l'A86, à l'ouest par l'A15 et à l'est par la départementale 911. Complètement enclavé, cet espace est en outre privé de lumière : une rampe d'accès passe juste au-dessus et cache presque continuellement le soleil. Il s'agit sans nul doute d'un des lieux les moins accessibles de toute la région parisienne : pour s'y rendre, il n'y a d'autre moyen que de se faire rapidement déposer, en voiture, sur le bas-côté d'une des autoroutes qui le longent. L'arrivée peut être dramatisée si l'accès se fait non par l'A86, située au même niveau que le site, mais par l'A15 ou la D911, qui le surplombent : il faut alors prévoir une descente en rappel. Une fois sur place, plus de sortie possible : le flux et le bruit des voitures isolent la zone plus sûrement que des remparts. Ce sentiment de retrait du monde, voire d'invisibilité, permet toutes sortes d'expérimentations religieuses, allant de la méditation au rythme hypnotique de la circulation à la captation des flux d'énergie automobile, en passant par la communication télépathique avec les conducteurs et l'ingestion de plantes qui poussent à cet endroit et sont susceptibles d'être devenues, sous l'action prolongée des gaz d'échappement, hallucinogènes.

J'avais cru manipuler André, infiltrer son entreprise naissante pour en détourner l'activité, mais, au final, c'était lui qui m'avait instrumentalisé. Au fil des mois, j'étais devenu son factotum, lui servant indifféremment de secrétaire, de boîte à idées et de défouloir. J'étais accablé de travail, mais restais cantonné à des tâches périphériques :

André ne me consultait jamais sur les questions stratégiques. Je constituais des dossiers, m'enquérais des tarifs auprès d'éventuels prestataires et organisais des réunions. Quant à ma révolution urbaine, elle faisait du surplace.

André venait de plus en plus rarement au bureau : c'était désormais moi qui relevais le courrier et répondais au téléphone. Intérimaire en religion, je passais le plus clair de mes journées seul à m'occuper d'argent, de formulaires et de logistique. Le midi, je déjeunais dans un établissement de restauration rapide de la rue, faisant la queue avec les employés des entreprises voisines : à en juger par leurs conversations, le quotidien de mes semblables était, exception faite des questions d'églises et de liturgie, fort similaire au mien.

Comme tous les travailleurs frustrés, j'imaginai d'aller proposer mes services ailleurs – mes études sur la consommation religieuse devaient nécessairement intéresser du monde ! –, tout en craignant de me retrouver sur le carreau. J'écrivis des lettres de candidature à l'évêché, à l'antenne française du groupe mystico-gymnique Falun Gong, et même, en désespoir de cause, à Keith Raniere lui-même, avant de jeter ces missives à la poubelle sans les avoir envoyées. Bref, je tournais en rond.

N'ayant jamais eu que la fiction pour viatique, j'y cherchai des réponses. Mais les romans ou les films mettant en scène des prestataires contrariés ne sont pas légion. J'en trouvai un malgré tout : *Le Secret de mon succès*, une comédie américaine des années 1980 où le sémillant Michael J. Fox incarne un jeune cadre au chômage qui intègre une entreprise en se faisant passer pour quelqu'un d'autre (il finit, on s'en doute, par redresser le groupe et en devenir le PDG : le film a été tourné pendant le deuxième mandat de Ronald Reagan). L'idée me plut. Je me mis à concevoir des cérémonies et à les soumettre à André sous un faux nom (je prétendis que ces travaux étaient l'œuvre d'artistes – certains réels, d'autres inventés – sollicités par mes soins).

Ma première proposition, enfin, la leur – bref, on se comprend –, portait sur les sculptures d'autoroute. Je voulais, la nuit et à date fixe, bloquer la circulation à la hauteur des *Flèches des cathédrales* (A10, Dourdan), de la *Porte du Soleil* (A7, aire de Savasse) et de l'*Aube des temps* (A8, Antibes), et célébrer aux flambeaux ces totems abstraits sous les yeux des routiers ahuris et des vacanciers apeurés.

Un autre de mes projets était une véritable liturgie de pierre. Il partait d'un constat simple : vieilles de plusieurs siècles, les statues de Paris ont, dans leur grande majorité, perdu toute signification et ne sont plus aujourd'hui que des éléments de décor. Je voulais en faire les pièces d'un gigantesque puzzle, un cryptogramme immémorial et secret intégrant les visages salis des *Catherinettes* (square Montholon) ; les jambes amputées du *Commandant Marchand* (porte Dorée), le vainqueur de Fachoda, dont la statue fut partiellement détruite à la dynamite par des militants anticolonialistes ; l'épée pointée au-dessus de la Seine par la *France renaissante* (île aux Cygnes) ; la coiffe de la *Fontaine du Fellah* (rue de Sèvres), vestige du style « retour du Caire » qui fit fureur au début du XIXe siècle et dont les sphinx de la *Fontaine du Châtelet* sont une autre illustration ; la soucoupe tenue à bout de bras par la *Numismatique* (rue de Richelieu), dont le beau corps n'est habillé que de voiles légers ; le large coutelas abandonné par le *Chasseur attaqué par les orangs-outans*, à l'entrée de la galerie de paléontologie du Jardin des plantes ; les palmes présentées, place de la Sorbonne, à *Auguste Comte* par une femme de pierre symbolisant l'humanité reconnaissante, mais qui est en réalité Clotilde de Vaux, maîtresse du philosophe et qui sera promue vierge-mère de la religion positiviste ; les symboles obscurs qui ornent, sur le Champ-de-Mars, les parois de ce véritable bibelot occulte qu'est le *Monument des droits de l'homme* ; et les monstrueuses excroissances du *Mur de lave* (porte de Champerret), dont les cascades excrémentielles ont dégoûté des générations d'automobilistes parisiens. L'histoire mouvementée de la statuaire dans la capitale permettait de faire varier presque à l'infini la signification du rébus dont elle était supposément porteuse, quantité de sculptures ayant été, au cours des siècles, déplacées, restaurées, voire fondues.

Toutes ces idées avaient la ville pour objet. Je m'en justifiai en expliquant à André qu'étant parisiens il nous serait sans doute plus simple de prêcher là où nous résidions (les prêtres n'habitaient-ils pas les presbytères ?). C'était bien sûr une rationalisation *a posteriori*. En réalité, la capitale était pour moi une sorte de livre de chevet, une trame familière que je ne cessais d'organiser en formes nouvelles. C'était mon corpus, la seule science dans laquelle je pouvais me targuer d'être docteur, et ce même si mon érudition était régulièrement prise en défaut (j'avais beau avoir passé des milliers d'heures dans les rues de Paris, j'étais encore parfaitement capable de m'y perdre ou de tomber en arrêt devant des immeubles qui, je l'aurais juré, n'étaient pas à cette place quelques semaines auparavant).

Je faisais des efforts, pourtant. Alors je franchissais le périphérique, je sortais même – j'étais décidément prêt à tout ! – du périmètre de l'Île-de-France. Mais j'avais beau visiter, en forêt de Bourges, des grottes calcaires aux parois couvertes de graffitis haineux (l'une de ces inscriptions proclamait en immenses lettres rouges dégoulinantes sur la pierre : « Pouvoir blanc maintenant ! ») et, sur les dunes de Soulac, des ruines de blockhaus formant comme des cercles mégalithiques, ça n'allait jamais bien loin. Je prenais des photos, gribouillais des notes au bar de la gare, puis finissais par rentrer, invariablement bredouille.

À Paris, en revanche, le moindre détail m'était prétexte à inventions. De baraques de chantier empilées les unes sur les autres, je faisais un ermitage dédié à l'écoute des bruits de la ville (glissando des tramways, staccato des réceptacles à bouteilles vides déversés dans les bennes des camions, bariolage des freins pneumatiques, trémolo des sirènes et vibrato des wagons de métro). Ou bien je m'enthousiasmais pour le 145 rue La Fayette, immeuble discret dont la façade, factice, et les fenêtres, à jamais fermées, cachent une gigantesque cheminée d'aération branchée sur les tunnels souterrains du RER B (on distingue parfaitement, sur les images satellites, le carré noir et grillagé que forme, dans la mosaïque grisée des toits parisiens, la bouche de ce puits), et, extrapolant à partir de cette construction, j'imaginais tout un roman sur les postes sources d'EDF maquillés en garages ou en entrées d'immeuble, les échangeurs télécoms enfermés dans des coffrages, les réservoirs d'eau recouverts de fresques en trompe l'œil ou bien cachés sous des squares éternellement vides, faisant de ces locaux invisibles les repaires d'une communauté d'initiés qui évolueraient dans un Paris parallèle, une ville secrète abritée des regards par des agencements de parois truquées.

Étude n° 5

Les dix-neuf premiers numéros du boulevard de la Commanderie, à l'extrême nord du XIXe arrondissement, sont occupés par un supermarché désaffecté (au numéro 19) situé au-dessus d'un parking de deux étages, également abandonné (numéros 1 à 13). De 1992 à 1994, c'était un magasin Rallye, puis, de 1994 à 2008, un Casino. Les accès sont aujourd'hui murés et le site est promis, si l'on en croit les avis placardés sur les murs, à une démolition imminente. Mais l'autorisation municipale date de 2008 et le bâtiment est toujours debout.

Située sous le pont de béton qu'emprunte, entre la porte de la Villette et celle de Pantin, le boulevard périphérique, la construction, régulièrement secouée par le passage des trains de marchandises, n'a, *a priori*, rien de remarquable. Elle cache pourtant l'un des plus beaux temples sauvages de Paris. Tout l'intérieur, aires de stationnement incluses, a en effet été intégralement recouvert, entre septembre 2010 et avril 2011, de fresques abstraites par deux graffeurs parisiens, Lek et Sowat. Sur des milliers de mètres carrés, ce ne sont que tableaux votifs, calligraphies illisibles et enchevêtrements hypnotiques de lignes multicolores. Peintes sur des murs le plus souvent noirs de crasse et de suie mêlées, ces compositions immenses, parfois impossibles à embrasser d'un seul coup d'œil tant elles prolifèrent, suscitent chez le visiteur un puissant sentiment de sacré. À parcourir les salles vides et sonores décorées par Lek et Sowat et à détailler leur travail – comme les ouvriers des cathédrales, ils ont signé leurs compositions d'un indéchiffrable rébus –, on se sent participer à une cérémonie urbaine et secrète, comme si ces frises parvenaient à littéralement *manifester* des forces inconnues, qu'elles étaient des pentagrammes agissants, des formules que notre présence rendrait soudain opérantes et qui, à peine lues, auraient le pouvoir de susciter d'inexplicables phénomènes.

Le travail de Lek et Sowat rend tout rituel superflu : on se contentera de placer les adeptes devant un mur peint et de les inviter à méditer à la lueur des bougies. L'incroyable puissance de la graphie presque primitive des deux artistes fera le reste.

Pénétrer dans le site, en revanche, est une affaire autrement complexe. Encore propriété du groupe Casino, il est en effet sous surveillance constante, et la moindre brèche ménagée est immédiatement bouchée par des vigiles (l'accès qui permettait encore récemment d'atteindre le deuxième étage du parking en passant par les voies ferrées de la Villette a ainsi été muré). Si décision est prise d'investir le lieu, il faudra ouvrir nous-mêmes une voie vers l'intérieur, en lui donnant si possible un caractère initiatique. On concevra l'accès long et malaisé, intégrant moult détours et culs-de-sac, afin que les fidèles peinent, suffoquent et se râpent les genoux (on peut même organiser pour eux des rencontres inopinées avec des pseudo-rôdeurs, ou des inondations « accidentelles » qui les obligeraient à s'immerger dans une eau noire). Tout le monde doit arriver au sanctuaire transi, rompu et terrifié, puis découvrir, à la lueur d'un brasier allumé par les célébrants, de majestueux dessins se tordant sur toute la hauteur des parois.

« C'est bien, c'est bien, soupirait André à la lecture de mes rapports, mais je vais être honnête : ça sent un peu trop son vieux garçon ! Il n'y a ni sexe ni drogue. Pas sûr que ça soit suffisant pour faire perdre la tête à la bourgeoisie de banlieue. Il me faudrait du frisson un poil plus incarné ! »

Il avait raison, bien sûr. Mais j'avais depuis un petit moment cessé de faire usage de substances hallucinogènes et n'étais plus très au fait de l'offre disponible. Quant au sexe, j'avais toujours constaté que l'intensité des expériences était, dans ce domaine, inversement proportionnelle au nombre de participants, et qu'au-delà de quatre parler d'érotisme devenait abusif : les pratiques orgiaques relevaient plus, à mes yeux, du sport de groupe. « La drogue, je m'en occupe, me dit André (il avait eu, jeune, une période hippie riche en expériences psychédéliques). De ton côté, occupe-toi de me trouver des idées capables d'émoustiller un peu mes futurs adeptes : je n'aurai rien à leur apprendre, alors si je fais également l'impasse sur la gaudriole, je peux bien fermer boutique avant même d'avoir ouvert ! »

Mettant de côté ma répugnance personnelle à la copulation collective, je me mis en quête d'idées pour des cérémonies sexuelles. Très contraint, mon cahier des charges m'interdisait toute expérimentation débridée : il fallait quelque chose qui plaise à la fois aux gays et aux hétérosexuels et soit suffisamment fort pour fidéliser une communauté.

Écrasé par l'ampleur de la tâche, je commençai par me documenter sur diverses pratiques d'accouplement théâtralisé, en particulier dans le domaine du sadomasochisme, discipline qui, excluant le coït, avait l'avantage à mes yeux de transcender les genres (tout m'étant prétexte à érudition, je fus très vite incollable sur la scénographie de la domination. À force de faits, de dates et de noms, les sujets *a priori* les plus rébarbatifs finissent toujours par devenir des récits captivants). Lorsque j'eus fini d'éplucher livres et revues, je réalisai une série d'entretiens.

Un des premiers eut lieu en Suisse, à Zurich. C'est là qu'officiait la Loge 70, une association destinée, selon ses statuts, à « offrir la possibilité à des hommes homosexuels ayant un penchant pour le fétichisme et le cuir d'établir et d'entretenir des contacts collectifs et individuels avec des personnes partageant les mêmes centres d'intérêt ». Le groupe, un des plus vieux et des plus fermés d'Europe, était connu pour ses règles extrêmement strictes et ses cérémonies nocturnes à la lueur des flambeaux : on n'y entrait qu'après une période de noviciat conçue pour décourager les moins motivés. Sur le blason de la loge s'alignaient des silhouettes masculines stylisées, très années 30, tenant de la main gauche les anneaux d'une même chaîne.

J'étais venu rencontrer mon interlocuteur un dimanche matin, à l'heure du brunch, dans un café bio du centre-ville (la carte des jus de fruits y était plus longue que celle des vins dans un restaurant traditionnel). Âgé d'une soixantaine d'années, il portait un débardeur qui laissait paraître une musculature discrètement entretenue et soulignée, çà et là, de quelques tatouages abstraits. Ne sachant exactement ce qui m'intéressait – j'avais prétexté la rédaction d'un vague article sur les cercles sadomasochistes –, il commença par me détailler, avec une délectation visible, toute la combinatoire des pratiques sexuelles en vigueur au sein de la Loge 70, dont il était un des membres fondateurs. Comprenant rapidement que la quasi-totalité de ces activités étaient intransposables hors du milieu dit « cuir », je tentai d'orienter la conversation sur les à-côtés des orgies, les ambiances, les préliminaires. Mais il m'écoutait à peine, revenant sans cesse aux mille subtilités de l'art du ligotage, du tatouage à vif et des chocs électriques. Incapable de canaliser son discours, je finis par me taire, gardant l'espoir de glaner, au milieu de son flot de paroles, quelques informations intéressantes. Ses récits circonstanciés se déployaient sur fond de menaces sourdes : il y avait toujours des gens « qui allaient trop loin » ; il évoquait même, à demi-mot, des « morts », vite escamotés, et des viols de participants « drogués à leur insu ». Les rencontres ayant lieu dans la pénombre, voire le noir complet, il était difficile de savoir ce que l'on y faisait vraiment, et cette incertitude, mâtinée d'angoisse, semblait largement participer du plaisir ressenti.

À Paris, je contactai, par le biais de sites Internet spécialisés, d'autres amateurs de sadomasochisme, hétérosexuels cette fois. Au fil des entretiens, eux aussi me livrèrent quantité d'anecdotes effrayantes : l'évanoui(e) évacué(e) à la hâte et abandonné(e) dans la rue ; le néophyte qui repousse ses limites pour épater la galerie et finit par se vider de son sang ; l'entravé(e) oublié(e) dans son cachot ; etc. Aucun des participants interrogés n'avait jamais été le témoin direct de tels incidents, mais tous connaissaient quelqu'un qui « y était ». Pouvaient-ils me le présenter ? C'était toujours « délicat », « compliqué ». L'entretien se terminait chaque fois de la même manière : par le récit, à la première personne, d'une soirée où les invités avaient eu la sensation très nette que « l'essentiel se passait ailleurs », qu'une autre réunion, plus dure, plus extrême, avait lieu au cœur même de celle à laquelle ils participaient, sans que personne en sache rien.

Susciter, par la privation de lumière et l'évocation de dangers, une atmosphère supraconductrice de fantasmes me paraissait une bonne idée. Mais quelle traduction concrète donner à cette scénographie ? Dans les années 80 et 90, avant la généralisation des *backrooms* et des boîtes échangistes, les amateurs de sexe en réunion se retrouvaient dehors, en forêt ou sur des parkings. Ces rencontres clandestines avaient lieu le plus souvent la nuit, et leur caractère illégal – un nombre significatif de lois sur la pudeur, les bonnes mœurs et l'accès à la propriété privée y étaient complaisamment bafouées – venait accentuer le plaisir souvent très vif qu'y prenaient les participants. L'amélioration des techniques de surveillance urbaine et la disparition des délaissés urbains avaient sonné le glas de ces équipées sexuelles. Mais je connaissais suffisamment de zones dérobées dans la ville pour permettre à un petit groupe d'initiés de ressusciter ces pratiques. Et l'obscurité, dans les lieux auxquels je songeais, était si complète que les étreintes y resteraient à jamais aveugles, permettant à tous les désirs d'être satisfaits sans jamais devoir passer par l'épreuve du réel.

Je rédigeai dans la fièvre une note évoquant les grandes heures de l'échangisme de plein air et proposant divers moyens d'adapter cette discipline un peu oubliée à des fins mystico-religieuses. Je poussai le zèle jusqu'à indiquer, sur une carte d'Île-de-France, quelques sites susceptibles d'accueillir ce type de rencontres (loin de moi l'idée d'inciter à un quelconque trouble de l'ordre public, mais les jardins situés au bout de la jetée du port autonome de Gennevilliers me paraissent tout désignés pour de telles réunions). Puis j'expédiai l'ensemble à André.

Celui-ci réagissait habituellement très vite à mes travaux, soit pour les mettre en pièces, soit pour m'en demander davantage (il n'était que très rarement satisfait). Mais ce jour-là, silence. Le lendemain, pareil. Je l'appelai : pas de réponse. Je rappelai, pour l'entendre chaque fois m'assurer, d'une voix sèche et enregistrée, que si j'énonçais clairement mon numéro et l'objet de mon appel, il ne manquerait pas de me rappeler. J'attendis. Plusieurs jours. Toujours rien.

Je meublais mes journées avec des activités sans but, dessins machinaux sur le bloc-notes des heures. Pour m'empêcher de ressasser mes peurs habituelles, et notamment la crainte, récurrente, qu'André ne fasse appel à d'autres conseillers que moi, je m'abrutissais d'efforts, multipliant les longues marches et les courses à vélo. Au bout d'une semaine, n'y tenant plus, j'allai sonner à son appartement.

Il mit près d'un quart d'heure à venir m'ouvrir : ses orbites étaient creuses et grisées comme l'extrémité d'un cierge. Vêtu d'une robe de chambre et marchant à petits pas, il me fit asseoir dans le salon. Son intérieur exhibait tous les attributs de la réussite matérielle – les meubles de prix, les tableaux modernes et les pêle-mêle de photographies prises aux quatre coins du monde –, mais tout était chiche, fait au plus juste, et renvoyait une image non d'opulence, mais au contraire de gêne honteuse. Ce logement manifestait la véritable nature du personnage : à parcourir ses pièces, on comprenait qu'André n'était qu'ambition contrariée et désir de puissance inassouvi.

« C'est l'ayahuasca, souffla-t-il pour tenter de m'expliquer son état. Je suis trop vieux, ça m'a tué. » Lentement, le regard dans le vague, il me raconta avoir commencé ses investigations hallucinogènes en ingérant des substances traditionnelles, jugeant les drogues synthétiques trop unilatéralement excitantes et donc impropres à un usage religieux (« À part l'acide, bien sûr, mais qui je vais intéresser avec ce vieux truc ? »). En répondant à des annonces laissées dans des coopératives bio et des centres d'arts martiaux, il avait pu tester l'iboga, une décoction de racines utilisée dans les cérémonies d'initiation au Gabon, et surtout la fameuse ayahuasca, la liane sacrée amazonienne. Les séances avaient eu lieu dans des pavillons en banlieue (« Des coins ! Toi, tu connais sans doute, mais moi… Sans GPS, jamais je n'aurais réussi à trouver ! Et moches ! On nous entassait dans des garages, entre les vélos et le congélateur… Bref, une horreur. Fort heureusement, une fois le produit ingéré, tout ça disparaissait sous un déluge de couleurs ! »).

Bilan : mitigé. « C'est trop violent : tu passes la moitié de ton temps à vomir, et l'autre à pleurer. Alors, oui, c'est incroyable, les idées deviennent sensations et tu as l'impression de sortir de toi-même. Mais à quel prix ? Tu termines en miettes. Regarde-moi ! » Teint cireux, corps affaissé, André constituait effectivement une piètre enseigne pour les toxiques traditionnels. « Et les champignons, est-ce que tu as testé les champignons ? lui demandai-je avec gourmandise (j'en gardais moi-même de bons souvenirs). Évidemment ! Il était allé, vêtu d'un veston de velours et d'une casquette pied-de-poule, cueillir des *Psilocybe semilanceata* dans les clairières de Sologne, disputant les célèbres végétaux à mamelons aux adolescents en goguette (« Je les faisais détaler en jouant les propriétaires furieux », sourit-il). Il avait aimé l'effet, moins traumatisant que celui des racines, mais il avait surtout apprécié de pouvoir les récolter lui-même (« On pourrait organiser des rituels de cueillette ! Il suffirait de dramatiser un peu l'affaire, en y allant la nuit par exemple »).

« Mais, et toi ? me coupa soudain André. Je me suis bien amusé à t'imaginer en mission dans le monde de l'échangisme... » Je m'empressai de le décevoir et, sans écouter ses reproches (« Comment ? Même pas un donjon ou un sauna ? »), lui présentai, imperturbable, les conclusions que j'avais tirées de mes recherches.

Une fois mon exposé achevé, André me fit sortir de son champ de vision en pivotant son fauteuil d'un quart de tour, et entreprit de siroter pensivement une canette de soda, les yeux dans le vague. Un silence s'installa, se prolongea, bien plus que nécessaire : André semblait avoir oublié ma présence. Il regardait successivement le plafond, la boîte d'aluminium qu'il tenait à la main, ses pieds, puis répétait l'opération en sens inverse : pieds, canette, plafond. Une mouche vint interrompre ce manège, entraînant son regard dans un long périple zigzagant qui s'acheva sur mon avant-bras (l'insecte s'était posé sur ma chemise). Reprenant brusquement conscience de mon existence, André me dit en se frottant les yeux : « Ça se met doucement en place, non ? Il ne nous manque plus qu'un grand récit qui tiendrait tout ensemble. »

Justement, bafouillai-je, j'avais un peu réfléchi au problème… Il m'arrêta d'un geste : pour les lieux, j'étais sans rival, mais pour le reste… La phrase resta en suspens. « Et ne va pas te vexer, hein ? »

L'injonction était inutile : mon humeur vira immédiatement au maussade, voire au franchement amer. La sagesse aurait recommandé de présenter mes factures à André et de prendre congé, mais je ne pouvais m'y résoudre : l'idée qu'un autre hérite de la direction artistique de la future secte m'était absolument insupportable (il était tellement *évident* que j'étais l'homme de la situation : il fallait qu'il soit aveugle pour ne pas le voir !). Je mis toute mon énergie dans une dernière tentative.

D'une voix égale, comme pour moi-même, je racontai avoir croisé des schizophrènes en quête de lieux isolés des ondes, lesquelles étaient source, pensaient-ils, de leurs désordres nerveux. Le champ électromagnétique suscitait d'innombrables fantasmes : n'y avait-il pas là matière à mythologie ? André alluma pensivement une nouvelle cigarette, et je poursuivis : « Si une exposition trop élevée au rayonnement hertzien provoque, chez certaines personnes, des réactions physiques et mentales, pourquoi ne serait-elle pas capable d'induire des mutations cérébrales, voire de faciliter les communications médiumniques ? » spéculai-je à haute voix. En l'absence de données scientifiques, il était possible de l'affirmer. On pouvait même aller plus loin (j'énonçais les idées à mesure qu'elles me venaient) : raconter qu'au-delà d'un certain seuil d'exposition des individus correctement initiés (par nous, évidemment) seraient capables de sentir vibrer sous leurs doigts les signaux ondulatoires. Ou que, courbant l'espace, les émissions radio pouvaient faciliter le voyage astral. Bref, conclus-je, le sujet se prêtait à des développements fictionnels quasi infinis.

André m'avait écouté sans me regarder. Lorsque je cessai de parler, il me fixa, les yeux brillants. L'idée était simple et universelle : elle lui plaisait. Tout un chacun s'était déjà inquiété de l'action des micro-ondes sur son organisme, avait déjà cru que le rayonnement de son téléphone, de sa box Internet ou de son antenne radio affectait son activité cérébrale. « Or la recherche sur le sujet est loin d'être concluante, dit-il fiévreusement. C'est la configuration paranoïaque parfaite ! » Je m'efforçai d'entretenir son enthousiasme en évoquant les électrosensibles, ces individus chez qui les émissions radio suscitent de multiples symptômes, sans que l'on puisse déterminer avec certitude si ces pathologies sont réelles ou auto-suscitées. « Excellent ! bondit-il. Il faut en dégotter deux ou trois et les persuader qu'ils sont extra-lucides. On les logerait dans une sorte de monastère d'où ils ne sortiraient que pour proférer des oracles ! » Je voyais déjà la scène : les pseudo-médiums extraits à date fixe de leur sanctuaire et trimballés dans des cages protectrices...

« Du coup, ton idée de cérémonie nue devient pertinente, poursuivit André en allumant une cigarette avec le mégot de la précédente. Les adeptes se dénuderaient pour offrir le plus de surface de peau possible au rayonnement des ondes. » J'étais perdu : n'allait-on pas prêcher la nocivité des phénomènes radio ? « Tu ne comprends vraiment rien, s'agaça André. On part d'un fait scientifique, simple et irréfutable : le champ électromagnétique a des effets sur le physique et le mental des humains. Ensuite on brode : certains effets sont positifs (voyance, téléportation), d'autres négatifs (maladies, folie). De tout cela nous sommes les grands ordonnateurs : nous seuls savons canaliser cette force mal connue qui peut transmuter l'homme ou au contraire le flétrir. »

La fatigue semblait progressivement le quitter. Il s'était redressé, parlait de plus en plus vite et rythmait ses phrases par de grands gestes et des jets de fumée : « Tout se met en place. Les drogues ? Elles tendent la peau comme celle d'un tambour pour que l'organisme tout entier vibre aux bombardements des fréquences. Le sexe ? C'est l'attirance de deux corps entrés en résonance. Les lieux de culte isolés ? Comme les astronomes qui se retirent sur les hauts plateaux pour observer les étoiles, nous avons, nous, besoin de lieux vides et sans interférences pour officier. »

Il s'était levé et monologuait en marchant. Je m'efforçais de suivre, notant ses idées du plus vite que je pouvais : « Il faudra entourer nos démarches de la plus grande apparence de scientificité. Peut-être même trouver un chercheur qui nous servirait de caution. Et mêler, comme Iso-Zen, mysticisme et science-fiction. » Alors que je confessais mon ignorance, il m'expliqua d'une voix lasse : « Iso-Zen était un petit culte soucoupiste du début des années 70 : le dessinateur Moebius, notamment, en a fait partie. Le gourou, Jean-Paul Appel-Guéry, prétendait être en contact télépathique avec des entités extraterrestres et organisait pour ses adeptes des orgies mystiques et des séances de voyage cosmique. Il a fini dans les années 80 à Tahiti, pourchassé par le fisc et les créanciers. »

André s'était arrêté de parler : on n'entendait plus dans la pièce que le grattement fébrile de mon feutre sur le papier. « Tu me laisses tes notes ? lança-t-il. J'ai besoin de revoir tout cela à tête reposée. De ton côté, occupe-toi de nous trouver une abbatiale, un ermitage où les mages de l'ordre pourraient vivre à l'abri des antennes-relais. Quelque chose de monumental : un abri antiatomique, une cave frigorifique. Ce genre. Dépêche-toi, ça urge ! »

Étude n° 6

Dans les délais impartis, nous avons identifié deux prieurés potentiels. Le premier est situé dans une des piles du pont National, sur le quai de Bercy. On y accède par une sorte de meurtrière située sur la face nord-ouest de la structure. À l'intérieur, une échelle encastrée dans le béton permet de descendre d'une vingtaine de mètres. On se retrouve alors dans une haute salle, presque une nef, totalement obscure et isolée de tout rayonnement. Deux inconvénients, mais ils sont de taille : 1) l'endroit est très humide ; 2) il sert de décharge sauvage : le sol, meuble sous les pas, est une épaisse couche de déchets indistincts.

Le second site est un interstice vacant entre les parkings, les galeries commerciales et les caves d'immeubles du quartier de La Défense. C'est une vaste salle placée immédiatement sous la statue qui donne son nom au quartier (*La Défense de Paris*, de Barrias). Il existe sur Internet quelques photographies de l'endroit : on y voit un chœur de béton gigantesque coincé entre le tunnel de l'autoroute A14 et celui du RER A, alvéolé du sol au plafond par des caissons de plusieurs dizaines de mètres carrés. Une passerelle métallique permet d'y circuler. Ces vues datent, pour l'essentiel, de 2002 : cette année-là, à l'occasion des Journées du patrimoine, quelques visites avaient été organisées dans les sous-sols du quartier. Par crainte de donner des idées à des groupes terroristes, cette expérience n'a jamais été renouvelée.

André jubilait : « Ces salles à La Défense, c'est exactement ce qu'il nous faut ! » Rasé de près, il arborait, en lieu et place de la robe de chambre défraîchie qu'il portait lors de notre dernière rencontre, un costume de velours vert bouteille.

« Imagine : on pourrait même recruter dans les entreprises du quartier. Une fois leur travail achevé, les adeptes n'auraient qu'à descendre de leurs tours pour assister aux cérémonies ! »

L'accès à notre future abbaye était situé non loin du *Grand Stabile rouge*, la sculpture monumentale d'Alexander Calder placée au centre de l'esplanade. Problème : l'escalier qui y conduisait était interdit au « personnel non autorisé ». Pour ouvrir la porte, il fallait disposer d'un badge d'identification électronique.

Sachant ces petits rectangles plastifiés impossibles à falsifier, j'essayai de savoir s'il existait des technologies permettant de les dupliquer : j'imaginai de subtiliser, dans un restaurant par exemple, une carte valide à un employé et de la reproduire rapidement. Mais, sur tous les sites Internet que je visitai, on ne vendait que des appareils à copier les badges magnétiques, technologie obsolète encore en usage dans certains hôtels mais bannie partout ailleurs, précisément à cause de son manque de sécurité. Les sociétés établies à La Défense protégeaient leurs locaux avec des serrures complexes que seuls des passes cryptés transmettant sur haute fréquence étaient capables de déverrouiller.

Un moment, je crus qu'un mystérieux boîtier chinois serait mon sésame : son fabricant avait inondé la Toile de vidéos miraculeuses où on le voyait copier à la chaîne des badges de toutes sortes en frappant sur les touches de son appareil, recouvertes, à l'intention du public international, d'étiquettes autocollantes portant des indications en anglais. Un examen approfondi révéla cependant que la machine ne dupliquait qu'une seule catégorie de passes, la plus simple, celle qui ouvre par impulsion infrarouge les portails de jardin et les garages. Chou blanc, donc.

Il existait bien une carte susceptible d'ouvrir n'importe quel type d'issue, mais elle n'était pas disponible à la vente : il fallait la construire à partir de plans publiés sur Internet. Évidemment incapable de mener seul une telle entreprise, j'allai voir, schémas sous le bras, quelques informaticiens de ma connaissance. Rebutés par l'ampleur de la tâche, tous refusèrent catégoriquement de m'aider. J'eus beau les flatter et tenter d'exciter leur esprit de compétition, ce fut en pure perte.

L'un d'entre eux me mit néanmoins sur une piste (mais peut-être souhaitait-il tout simplement mettre fin à mes incessantes sollicitations). Considérant, perplexe, la liasse de plans que je lui avais soumise, il déclara qu'un appareil aussi élaboré était totalement inutile. Que voulais-je faire exactement ? Franchir des accès contrôlés ? J'acquiesçai. « Eh bien, me dit-il avec la condescendance d'un adulte expliquant le principe de la procréation à un enfant, c'est mille fois plus simple que vous ne le pensez. On s'en fait tout un monde parce que les serrures et les portiques paraissent des obstacles insurmontables (c'est normal : ils sont conçus pour cela). Mais l'effraction, c'est comme la cuisine : une question de pratique. Pas besoin d'autocuiseurs ni de robots compliqués : il suffit de quelques ustensiles, d'un peu de jugeote et de temps. » Je posai sur mon interlocuteur un regard interrogatif : d'où sortait-il sa science ?

Il connaissait quelqu'un... Est-ce que je pouvais attendre un moment ? Il sortit pour passer un coup de fil. Hormis le canapé sur lequel j'étais assis et le bureau, fait d'une planche posée sur des tréteaux, le salon était uniquement meublé d'appareils électroniques, certains simplement par terre, sur la moquette. Faute de bibelots, c'étaient les fils qui constituaient l'élément de décoration de la pièce : il en sortait de partout, de toutes les tailles et de toutes les couleurs, certains emmêlés en boucle, d'autres agglomérés en gousses par des bagues de plastique, et cela serpentait, ondoyait, par terre et sur les murs, comme de gros paquets de vers roulant infiniment sur eux-mêmes. Dans ce fouillis, je tentai, pour m'occuper – dehors, la conversation s'éternisait –, de suivre le tracé d'un branchement, mais dans le dédale des prises multiples, des adaptateurs clignotants et des boîtiers dont on avait ôté le couvercle et qui, les circuits imprimés à l'air, venaient compliquer un dessin déjà fort embrouillé, je ne cessais de me perdre. Le bruit de la porte d'entrée me fit sursauter. « Viens, me dit mon hôte, je vais te présenter. »

Pas de rendez-vous secret, pas de mot de passe ni d'itinéraire compliqué : une buvette au bois de Vincennes et, dans le soleil de la fin d'après-midi, une belle femme en blouson de cuir fumant pensivement une cigarette. Présentations, commande : une crêpe Nutella pour moi, deux gaufres au sucre pour eux. Des boissons ? Café.

Sourires gênés, silence. Il fallait que quelqu'un se lance : ce fut moi. J'expliquai maladroitement que je menais des études préparatoires à un projet entrepreneurial. Et ? Et on m'a dit que vous pourriez m'aider. À quoi ? Eh bien, pour ces recherches, j'ai besoin d'accéder à une série de périmètres protégés… « Et tu t'imagines que je vais t'y faire entrer ? Oublie », lâcha la femme en détournant la tête pour souffler la fumée (« On se tutoie, hein ? ajouta-t-elle. Moi, c'est… (elle hésita) Jeanne. » L'autre sourit : je compris que le nom était d'emprunt). « Je fais ce genre de chose, mais c'est largement au-dessus de tes moyens. Cela dit, je peux t'apprendre quelques trucs. Une sorte de stage. Cinq cents euros de l'heure. » Devant ma grimace, elle ajouta : « Si tu trouves moins cher, surtout n'hésite pas. » Je ne trouverais pas et elle le savait : rendez-vous fut pris pour le lendemain.

« Combien ? » André hurla, furieux. « Cinq cents euros la séance pour apprendre à frauder les contrôles d'accès ? Mais tu te moques du monde ! C'est hors de question ! » J'argumentai, plaidai, puis, n'obtenant rien, passai aux jérémiades, sans plus de résultats. André ne décolérait pas : « Pendant que tu jettes l'argent par les fenêtres, je travaille, moi ! J'avance ! J'ai fait toutes les associations d'électrosensibles de la région et dégotté deux types persuadés d'avoir des dons de divination ! J'ai peut-être même trouvé un scientifique ! Un technicien un peu dérangé qui vit dans un pavillon aux pièces tapissées de papier d'aluminium. Tout ça pour rien, pas un centime ! Alors, quand je te vois venir mendier, tu comprends... » Il arrondit ses mains en coupe et les plaça, paumes vers l'intérieur, sous son menton : ça va, j'avais compris.

Ouvrir toutes les portes, abolir à ma guise la frontière entre l'espace public et la propriété privée a toujours représenté, à mes yeux, une opération aussi considérable que celle consistant à lever la barrière mentale entre conscient et inconscient (il ne s'agit pas, pour moi, d'une métaphore : j'envisage les appartements comme le versant inconnaissable mais souterrainement actif de la ville, et considère toute tentative pour passer de l'autre côté, pour éprouver pour soi cette vie seulement entrevue aux fenêtres, comme ni plus ni moins que l'équivalent urbain de la cure analytique, voire de la découverte, sous l'effet de psychotropes hallucinogènes, de régions inexplorées du cerveau). Laisser passer une chance, même infime, d'expérimenter un tel bouleversement était tout simplement inconcevable. Je fis l'inventaire des sommes que m'avait versées André depuis le début de notre collaboration : j'avais de quoi me payer un peu plus de quarante leçons. Le lendemain, je retrouvai « Jeanne » à l'heure dite.

Il y a peu de rôles que je peux prétendre tenir sans me déconsidérer, mais « piéton » en fait indiscutablement partie. Cette fonction subalterne – on dit un piéton comme on dit, au cinéma, un figurant – est pour moi une activité à part entière (j'ai même, un temps, essayé d'en faire un métier en jouant les repéreurs de lieux pour des films. Ça n'a pas duré, les adresses que j'avais à proposer étant systématiquement jugées « atypiques » : les réalisateurs de cinéma n'aiment pas l'inédit, ils ne cherchent que des décors). Être piéton consiste à se repérer dans l'espace urbain sans aide et, plus largement, à connaître tous les contours de la ville. Pour un piéton, la cité n'est pas ce bloc creusé de trous et de rainures qui permet à la circulation de s'écouler, mais un *corps* infiniment varié, un continuum de trottoirs, de halls, de terrasses, de quais, de pelouses, d'escaliers, un nuancier de parkings et de garages, un épiderme de tunnels, de toits et de parapets dont il s'agit de goûter la moindre nuance, le grain le plus fin. Les vrais piétons sont rares, et « Jeanne » en faisait partie.

Discrètement athlétique, les cheveux bruns maintenus en chignon par un crayon ou une baguette, elle était toujours vêtue d'un jean et d'une paire de bottines fatiguées. Elle parlait peu : en guise de « leçon », nous marchions au hasard. J'apprenais comment entrer dans les immeubles en aidant les vieilles dames à porter leurs courses et comment ouvrir les trappes de monte-charge avec des clefs de pompier (coût : 4 euros chez Mr. Bricolage). On pénétrait dans les garages en marchant derrière les semi-remorques, et dans les locaux techniques en nous cachant dans les poubelles. « Jeanne » charmait les vigiles sous un prétexte futile – un colis à livrer, un papier à signer – et, dès qu'ils détournaient le regard, allongeait le bras jusqu'à leur pupitre de commande pour actionner l'ouverture des portiques d'accès. Un autre de ses trucs était de se mêler plusieurs jours de suite à des employés fumant leur cigarette en bas d'une tour et, une fois ceux-ci habitués à sa présence, de prétendre avoir oublié son badge d'accès : quelqu'un s'offrait toujours pour la faire entrer.

Tout cela restait très atmosphérique, et en sortant, à chaque fin de séance, ma poignée de billets de cinquante euros, je ne pouvais me départir du sentiment diffus de me faire escroquer. La seule chose qui me rassurait était que « Jeanne » ne se mettait pas en scène : elle ne prétendait jamais me révéler des secrets d'État, se contentant, comme le ferait un maître de musique, d'improviser avec ce qui lui tombait sous la main. Elle avait un temps « travaillé au ministère de la Défense », me dit-elle un jour, sans plus de précisions. Mais j'en savais suffisamment sur l'administration militaire pour supposer qu'elle était issue du service « Opérations », une petite unité du renseignement extérieur français spécialisée dans l'infiltration douce et les visites clandestines de chambres d'hôtel. Pourquoi était-elle partie ? « Oh, des histoires de fesses... », éluda-t-elle d'un sourire. Passée au privé, elle était devenue consultante : on la payait pour tester l'efficacité des systèmes de protection des laboratoires pharmaceutiques, des usines de haute technologie et des centres de recherche. Pourquoi m'aidait-elle ? « Disons que tu constitues une alternative distrayante à ma clientèle habituelle, s'amusa-t-elle. Et puis j'ai toujours voulu enseigner, or les occasions sont rares dans ma branche ! »

À force de leçons, parfois étirées sur des journées entières, mon pécule diminua plus rapidement que je ne l'avais anticipé. Et toujours aucun enseignement précis, aucune transmission concrète de savoir-faire : juste des conseils et des astuces divers. Je rongeais mon frein. Ce n'est qu'à la vingtième leçon que les choses commencèrent à changer. Étais-je considéré comme suffisamment « prêt » ? Je ne le saurai jamais. Nous étions à Levallois-Perret. C'était un dimanche matin. La désaffection des espaces de travail le week-end a ceci de particulier qu'elle est sans drame ni mélancolie. Le vide et l'abandon n'y évoquent aucune perte, aucune violence, mais plutôt un long engourdissement : c'est un monde qui dort, la bouche ouverte et les vêtements dérangés. À errer dans les parkings vides et les halls désertés, on en vient à se sentir mirage, ectoplasme généré par la torpeur qui engourdit les lieux, fantôme jouant un rôle (mais lequel ?) dans des récits obscurs que le sommeil effiloche.

Furetant partout, « Jeanne » trouva, à l'arrière d'un immeuble, une porte de service qui s'ouvrit sous la poussée. Ne jamais regarder autour de soi quand on emprunte un accès non autorisé, dit-elle en me faisant signe de la suivre. C'est le plus sûr moyen de se signaler comme intrus. » Nous entrâmes dans un petit corridor : au bout, une porte vitrée et, sur le côté, un lecteur de badge. « Jeanne » sortit de sa poche une petite raquette de plastique rose ramassée quelques minutes auparavant dans une poubelle. Elle fit rapidement glisser le jouet entre le battant et le chambranle, et la porte s'ouvrit. « Elle est fermée par un électro-aimant : suffit de couper le circuit », lança-t-elle, lapidaire, en m'invitant à passer. Nous montâmes quatre à quatre les escaliers de service.

Premier étage. Elle tourna simplement la poignée de la porte : nous étions dans des bureaux. Je compulsai des dossiers, me servit un café, utilisai les toilettes. Au deuxième étage, même chose. Et ainsi de suite, jusqu'en haut. C'était toujours aussi facile ? Non, pas toujours : là, on avait eu de la chance. Ah, d'accord. Et est-ce qu'elle pouvait me réexpliquer cette histoire d'électro-aimant ? Elle sourit : dans la serrure, il y a deux pôles, un négatif et un positif. Pour qu'ils s'attirent et verrouillent la porte, il faut les alimenter en électricité. Avant, on faisait passer un fil, vaguement protégé par un tuyau de douche, entre le chambranle et le vantail : il suffisait alors de sectionner ce branchement pour ouvrir. Aujourd'hui, on préfère, par sécurité, poser des cellules-contact électriques à l'intérieur même de la charnière. « La faille de ce système, tu l'as vue : si on insère un corps étranger, le circuit s'interrompt et la serrure s'ouvre toute seule. » C'était très clair. Est-ce que je pouvais garder la petite raquette rose (je m'en sers encore) ?

Les semaines qui suivirent défilèrent au rythme saccadé et elliptique des récits d'apprentissage, l'ampleur des révélations éclipsant la monotonie des exercices. J'appris à démonter un lecteur de badge et à le court-circuiter, à ouvrir les serrures à pêne avec des cartes de crédit, à piéger les bornes d'accès en dérivant leur système électrique. « Jeanne » me donna également quelques rudiments de crochetage, tout en me mettant en garde : pour ouvrir les portes les mieux verrouillées, il fallait au minimum dix ans de pratique.

Nous visitâmes des entrepôts bourrés de marchandises, des laboratoires sécurisés et des cabinets d'avocats. Chaque fois qu'on pénétrait dans un périmètre interdit, « Jeanne » changeait d'attitude : habituellement flegmatique, elle se troublait, s'exaspérant de ma lenteur pour, quelques minutes plus tard, traînasser à son tour, en proie à d'inexplicables langueurs. Parfois, elle disparaissait au détour d'un escalier pour réapparaître une heure plus tard : tétanisé, je l'attendais sans bouger. Ou bien, au mépris de toute prudence, elle m'entraînait dans de périlleuses escalades d'échafaudages. C'était une sorte d'ivresse qui altérait ses sens et décuplait ses facultés. Laissant courir sa main le long des couloirs, elle pianotait sur le clavier des portes et des baies vitrées avec une allégresse soûle.

Les premières fois, ces brusques accès de joie débraillée me terrifièrent : je craignais que, prise d'une inspiration subite, elle ne m'abandonnât dans des locaux dont j'aurais été incapable de ressortir. Mais, loin de la dégriser, ma peur semblait au contraire l'inciter à repousser mes limites : elle me provoquait, m'entraînant dans des dédales de galeries uniquement éclairés par la lueur glauque des accès de secours et sur des étagements de terrasses luisantes de pluie.

« Je vais toujours un peu trop loin », me lança-t-elle un jour, rieuse, après m'avoir fait cavaler dans l'interminable serpentin d'un escalier de secours (la volée de marches métalliques aboutissait à une pièce intégralement vitrée et tapissée d'une épaisse moquette sur laquelle je m'effondrai, hors d'haleine). Elle s'était assise sur le sol, une jambe étendue devant elle, l'autre repliée sous son bassin. Dans le contre-jour de l'aube, on ne distinguait que sa silhouette. « Quand je travaillais pour la Défense, ça m'a joué des tours... » Trop occupé à reprendre mon souffle, je n'eus pas l'énergie de la relancer, mais elle poursuivit toute seule : « En mission, pour peu que quelque chose m'inspire, je n'en faisais qu'à ma tête. Les militaires détestaient ça et j'étais plutôt mal notée. Forcément, quand ils ont appris qu'il m'était arrivé de faire l'amour avec des collègues pendant une effraction... »

Elle ne dit plus rien : on n'entendait que le bruit de ma respiration. Puis elle se leva et, telle une nageuse s'apprêtant à piquer une tête, fit valser chaussures et vêtements et vint s'allonger à mes côtés. Son corps était vif et frais contre le mien, et nous fûmes longs à nous fatiguer.

Le terme de mes économies fut atteint à la quarante-cinquième leçon : en moins de deux mois, j'avais dépensé plus de 22 000 euros. J'espérais que « Jeanne » me consentirait une réduction pour poursuivre ma formation, mais elle refusa tout net : j'avais acquis les bases, je devais être capable de me débrouiller tout seul maintenant. Elle me souhaita bonne chance, m'enjoignit en riant de ne pas me faire arrêter trop vite, et disparut. Malgré mes efforts pour reprendre contact, je ne l'ai jamais revue. Parfois, je la fantasme, fuligineuse, sur les balcons et les toits.

Étude n° 7

Grâce à un savoir-faire récemment acquis, il m'a été possible de pénétrer dans la salle souterraine du quartier de La Défense qui fit l'objet d'une étude précédente (n° 6). Le compte rendu et les photographies prises sur les lieux figurent en annexe.

J'ai également identifié, toujours dans les sous-sols de La Défense, un autre espace désaffecté. On y accède par une petite trappe située au niveau – 4 du parking appartenant au centre commercial dit « des Quatre Temps ». Il faut ensuite descendre, sur une vingtaine de mètres, un escalier provisoire fait de tubulures d'acier. On débouche alors sur une salle de béton longue de trois cents mètres, large de vint-cinq et haute de quinze. Creusée au début des années 1970, cette nef gigantesque était initialement destinée à recevoir le terminus de la ligne 1 du métro parisien : les rames devaient passer sous la Seine. Vingt ans plus tard, changement de programme : la RATP décide que la ligne 1 sortira de terre à Neuilly et franchira le fleuve sur un pont. Abandonnée, la gare originelle n'a jamais été comblée.

Les parois sont festonnées d'écoulements et le sol est de terre (une terre épaisse, lourde, une terre de labour, incongrue dans ce décor urbain : comme si, à force de creuser, on avait atteint la strate primitive du sol, celle d'avant la ville). D'énormes poutres soutiennent le plafond (il est préférable de ne pas imaginer la poussée combinée qu'exercent sur elles les immeubles de la dalle). Sur un des côtés de la salle, une travée a été ménagée pour le passage des rails du métro. On la parcourt de part en part, espérant déboucher sur un accès dérobé au réseau. Peine perdue : ses deux extrémités sont murées. Inaccessible depuis près de quarante ans, cette nécropole présente au visiteur une surface nue, sans graffitis ni dégradations d'aucune sorte, conférant à celui qui y pénètre un sentiment d'élection. Aucun équipement n'ayant jamais été installé dans ces immenses coffrages de béton, il est quasiment impossible de deviner la finalité du lieu. Le visiteur en est réduit à considérer toutes sortes d'hypothèses qui, ailleurs, paraîtraient ridicules : desseins secrets, expériences interdites et transgressions en tout genre.

Il existe un système d'éclairage – des néons sont fixés sur plusieurs piliers –, mais il s'est révélé impossible de l'actionner lors de notre visite. Pour des cérémonies, des sources de lumière affaiblie seraient préférables, afin de laisser les confins de la salle dans l'ombre et de donner aux participants la sensation d'un espace véritablement monumental.

Les dimensions du site excluent toute célébration intimiste : il faut nécessairement du grandiose, du spectaculaire et du solennel. Si l'on persiste dans l'idée de séances médiumniques utilisant des ondes radio, les propriétés de résonance du béton pourraient être mises à profit pour susciter des phénomènes sonores évoquant le spectre électromagnétique. Dans une semi-obscurité, et tandis que le corps du devin se tordrait sous leurs yeux, les fidèles croiraient entendre des ondes affolées crépiter le long des murs et s'exaspérer en explosions sèches. Des bribes de voix déformées par le traitement électronique s'élèveraient, vite éclipsées par des saturations suraiguës et des instructions enregistrées.

« Maintenant on peut se lancer, jubila André, on a des officiants, une messe et, grâce à toi, une église ! »

Il soliloquait, fébrile : il allait falloir penser à déposer des statuts. Et le logo ? Il fallait un signe de reconnaissance que les adeptes pourraient reproduire partout ! J'avais des idées ? Aucune, mais, fort heureusement, les questions d'André étaient purement rhétoriques : elles n'appelaient aucune réponse. Il continua à s'interroger : et la Miviludes ? L'organisme public de lutte antisectes ? Ne valait-il pas mieux aller s'y présenter plutôt que d'attendre qu'il s'intéresse à nous ? En procédant ainsi, on était sûr de faire bonne impression, non ? J'eus à peine le temps d'ouvrir la bouche qu'il avait déjà décrété que c'était une bonne idée et composait le numéro de téléphone de l'administration pour prendre rendez-vous. Je hasardai une objection : et si l'entrevue se passait mal ? Si l'on inquiétait au lieu de rassurer ? On aurait tout le monde sur le dos avant même d'avoir commencé ! Le combiné collé à l'oreille, André balaya mes appréhensions d'une blague : si je me décidais enfin à mettre un costume, on ne craignait personne (dans l'écouteur, les sonneries se succédaient, mais, à la Miviludes, personne ne daignait décrocher). Bon, impossible de les joindre, dit-il en reposant l'appareil : il allait leur écrire. Que je me tienne prêt : il m'appellerait quand il aurait une date. Et maintenant, sans vouloir être désagréable, est-ce que je pouvais le laisser ? Il avait des tonnes de trucs à régler. Peut-être pouvais-je me rendre utile ? demandai-je. Il sourit : j'étais gentil, mais les questions matérielles, il préférait s'en charger lui-même. Il me mit la main sur l'épaule et me raccompagna d'autorité. « Et encore bravo, hein ! lâcha-t-il en me poussant dehors. Sacrée trouvaille, ces salles à La Défense ! »

Après des semaines de labeur acharné, le désœuvrement me fit l'effet d'un bain tiède. Je me laissai progressivement submerger par une mollesse savonneuse, cessant toute activité productive et m'occupant uniquement de me promener pendant des journées entières, faisant de longs détours, entrant dans des magasins où je n'avais rien à faire et visitant des galeries où aucune des œuvres exposées ne me plaisait (je les examinai pourtant toutes avec minutie). Dissoutes par mes allers et retours comme des sucres dans les remous d'une tasse de thé, les heures s'écoulaient dans un bien-être languide, une semi-extase tempérée qui, en matière de *satori*, constitue le maximum de mes capacités. Je m'efforçai de prolonger cet état par quelques exercices que je n'oserais qualifier de spirituels, même si, au fond, c'est ainsi que je les envisageais. Je consacrai ainsi une semaine entière à me rendre au bout de toutes les lignes du métro parisien pour voir à quoi pouvait ressembler le terminus qui donnait son nom à l'ensemble du trajet (conclusion : le seul arrêt qui se montre à la hauteur de son toponyme est « Créteil – Pointe du Lac », sur la ligne 8). J'arpentai également, à pied et sans le gilet jaune pourtant réglementaire, les bas-côtés de l'A6b, de l'A14 et de l'A10 pour examiner de près une série d'échappées prometteuses entrevues depuis la route. À Chambourcy, je retrouvai la petite tour de ciment blanc siglée « Ouest-Éclair » qui, depuis plusieurs années, me narguait à l'entrée du tunnel de l'A14 (c'était en réalité un vieux transformateur désaffecté, et Ouest-Éclair n'était pas, comme je l'avais supposé, le nom d'un quotidien disparu et dont ce vestige aurait bravement continué à faire la réclame, mais celui du réseau électrique alimentant autrefois la région). À Champlan, je localisai la magnifique gravière que découvre pour aussitôt l'escamoter le dernier virage de l'A10 avant qu'elle ne se fonde dans l'A6, et admirai, depuis le sommet de ces gigantesques tas de cailloux, un panorama quadrillé par les autoroutes et les lignes à haute tension et décoré, çà et là, de rinceaux de départementales. Je reconnaissais, au nord, le marché de Rungis et la butte du cimetière de Chevilly-Larue, mais, au sud, la prolifération cristalline des volumes pavillonnaires restait anonyme. Bercé par les moteurs, dont les modulations sont, à cet endroit, optimales car contraintes par la densité de la circulation, je paressai des après-midi entières sur mes sommets, ne daignant en descendre que pour visiter quelques belles ruines dont les dentelles de pierre débordaient, comme de la lingerie d'une robe, par-dessus les murs anti-bruit. C'étaient, sur l'île Saint-Denis, un grand entrepôt éventré comme par un obus et, à Gennevilliers, le long du port, des immeubles de bureaux aux façades salies tentant, sous des coulures noirâtres, de tenir leur rang en se proclamant, par le biais de panonceaux apposés sur leurs fenêtres brisées, « à vendre ».

La fin de ces vacances me fut sèchement signifiée par un message laissé par André sur mon téléphone : la « Mission interministérielle de vigilance et de lutte contre les dérives sectaires », plus connue sous son acronyme de Miviludes, avait accepté de nous recevoir « à titre informel » (il me priait de m'habiller convenablement). Deux jours plus tard, nous poussions le portail vert et usé du 13 rue Vaneau, épicentre, en France, de la vigilance anti-sectaire. La poignée de main des deux fonctionnaires qui nous attendaient dans la salle de réunion manquait clairement de chaleur. André, vêtu comme moi d'un costume strict et sombre, fit les présentations : nous étions deux petits entrepreneurs actuellement engagés dans un projet « participant du religieux ». Le sujet étant propice aux dérapages et aux malentendus, nous avions voulu prendre les devants en sollicitant cet entretien : c'était, énonça André d'une voix onctueuse, une démarche « préventive ».

De quoi s'agissait-il (tout en faisant les questions et les réponses, André produisit quelques brochures en papier glacé et les étala devant lui. Sur la première page, blanche, étaient figurées des courbes sinusoïdales) ? Ni plus ni moins que d'une expérience scientifique. Nous partons d'un constat simple : les ondes radio qui diffusent, dans la ville, nos conversations téléphoniques, nos e-mails et nos programmes de télévision ont manifestement un effet sur le corps humain. Lequel ? Personne n'est en mesure de le dire avec certitude. Nous avons donc mis en place un groupe dédié à l'étude, chez l'homme, des réactions physiques et mentales face au rayonnement électromagnétique (soupçon immédiat en face : mais quelles sont vos qualifications pour mener de telles recherches ?). Notre propos n'est pas de valider des hypothèses théoriques – nous ne sommes, pour répondre à votre question, pas formés pour une telle tâche –, mais seulement de faire des observations de terrain en soumettant nos nerfs et notre cerveau aux variations ondulatoires (froncement de sourcils de nos interlocuteurs : mais que cherchez-vous exactement ?). À savoir si les ondes ne sont pas en mesure de révéler des pouvoirs encore inconnus chez l'homme (prise de notes frénétique de l'autre côté de la table : quel genre de pouvoirs ?). Physiques, paranormaux : tout est à découvrir (silence éloquent) ! Pour mener nos investigations, nous projetons d'organiser périodiquement des rassemblements aux points de saturation du spectre radioélectrique (sans lever la tête de leur carnet de notes : les membres seront-ils tenus de contribuer financièrement aux activités du groupe ?). Oui : quelques séances de formation sont indispensables (Y aura-t-il des leaders ?). Non, pas à proprement parler, seulement une poignée d'individus ayant développé une sensibilité particulière aux micro-ondes et qui feront office de célébrants (brusquement agressifs : argent, prêtres, discours pseudo-scientifiques… Pardonnez-nous, mais votre mouvement présente toutes les caractéristiques de ceux que nous sommes censés combattre !).

Imperturbable sous l'attaque, André expliqua aux fonctionnaires qu'ils se trompaient du tout au tout, que notre groupe n'était pas une secte – c'était bien ce qu'ils sous-entendaient, n'est-ce pas ? (Acquiescement.) C'était plutôt, comment dire, un club d'amateurs (ricanement des préposés : si vous saviez combien de fois nous avons pu entendre cet argument !). Une sorte d'amicale dont les membres, au lieu de pétanque ou de randonnée à vélo, s'occuperaient d'électromagnétisme (chuchotements clairement inamicaux). Écoutez : nous ne forçons personne (Bien sûr ! Sourires entendus). Les membres peuvent partir quand ils le veulent (Qui en douterait ? Franche ironie).

André avait beau lutter, l'hostilité à peine voilée des fonctionnaires agissait sur son discours comme l'acide, le désagrégeant petit à petit et vidant chaque phrase de sa substance. À la joie manifeste de ses contradicteurs, il perdit de sa superbe, se mit à hésiter, à chercher ses mots, tout cela dans un silence de plus en plus pesant. Les agents de la Miviludes le laissaient se débattre et s'épuiser, attendant la faute. Et celle-ci arrivait, à grands pas : abandonnant toute prudence, André se mit à se prévaloir de cautions scientifiques « de renommée internationale », puis, acculé, à court d'arguments, finit par tendre le bras dans ma direction, disant : « C'est lui, c'est mon associé qui a tout conçu : il saura vous expliquer mieux que moi. »

Se forçant à sourire, il m'encouragea du regard, comme si mon intervention était encore capable de sauver son projet. Les autres attendaient eux aussi, un sourire de défi flottant sur leurs lèvres. Je soutins leur regard et me mis à parler. D'abord lentement, d'une voix mal assurée, puis, graduellement, avec de plus en plus de ferveur. Et je ne fis pas de quartier : méthodiquement, je mis tout en pièces.

M'adressant d'abord à nos juges, je leur dis que les sectes, groupuscules et autres sociétés secrètes n'étaient pas nécessairement prédatrices, et que les considérer uniquement sous cet angle empêchait d'appréhender la richesse de leur imaginaire (silence réprobateur). Que certaines sectes n'étaient effectivement que des entreprises déguisées (et alors ? Pourquoi interdire à Raël ce que l'on permettait à Bill Gates ? Et en quoi le matraquage commercial était-il moins aliénant qu'un culte ?). Mais qu'il existait également des conjurations d'individus qui, lassés du rôle de spectateurs perpétuels où les cantonnait le monde contemporain, choisissaient de réenchanter leur vie avec des rites compliqués. Et que je ne voyais pas au nom de quoi ces pratiques devaient être contrôlées, encore moins interdites (les bouches, en face, s'arrondissaient d'indignation, mais j'étais lancé, je ne m'arrêtais plus). Je dis aussi que la « manipulation mentale » invoquée à tout bout de champ pour justifier la chasse aux sectes n'était rien d'autre qu'un abus de langage, que la manipulation était au cœur des sociétés humaines, et qu'avoir, comme c'était leur cas, le projet de la réguler était non seulement illusoire, mais dangereux : allait-on empêcher les amants de mutuellement s'assujettir ? Les parents d'endoctriner leurs enfants ? Les patrons de fanatiser leurs salariés ? Je dis sans doute beaucoup d'autres choses, car j'étais très exalté et vidais, par ce discours, un sac resté trop longtemps fermé.

André ne fut pas épargné par ma fureur dévastatrice. Me tournant vers lui, je lui reprochai d'avoir irrémédiablement gâché une belle aventure avec ses considérations de rentier. Car une secte – comment avait-il pu être aveugle à ce point ? – ne pouvait se réduire à sa seule composante commerciale. Dans tout projet religieux, la séduction artistique était déterminante : un culte, c'était d'abord des gens qui, au lieu de peindre ou d'écrire pour un public hypothétique, avaient choisi de vivre ensemble une expérience totale. Un tel choix allait certes à rebours de la surproduction culturelle et de l'inflation mémorielle en vigueur aujourd'hui : créations collectives et anonymes, les rites ne laissaient pas de traces, n'encombraient pas les étagères des bibliothèques ni les murs des galeries. Sans coût ni prix, ils ne subsistaient que dans la mémoire de ceux qui les avaient célébrés. Mais, statiques et changeants, accessibles et mystérieux, c'étaient, à mon sens, des œuvres parfaites.

J'aurais voulu conclure sur un mot définitif et parachever ainsi l'exil auquel ma diatribe venait de me condamner. Mais je ne trouvai rien. Alors je me levai et les plantai là, André comme les autres. Personne n'essaya de me retenir.

3

Une fois dehors, je marchai sans but, avançant comme on s'absorbe dans un livre, la pensée se substituant graduellement au texte lu ou, dans mon cas, au trottoir parcouru, et ce jusqu'à ce que le mouvement soit complètement intériorisé et qu'on ait la sensation de voir ses propres pensées imprimées sur la page ou, dans mon cas encore, de marcher à l'intérieur de soi, l'impulsion de chaque pas se communiquant mécaniquement au cerveau pour y susciter rêveries et idées, jusqu'à l'épuisement.

Quand les premiers effets de la fatigue se firent sentir, je me trouvais dans le quartier Tolbiac, construit sur les ruines de l'ancienne gare de marchandises d'Austerlitz. Ayant longtemps habité Orléans, l'une des villes desservies par la gare de voyageurs d'Austerlitz, j'ai souvent, entre un train raté et le suivant, échoué dans les vieux hangars qui, il y a vingt ans encore, bordaient les voies. Quand le Corail manqué était le dernier de la matinée et qu'il fallait attendre le prochain à 16 h 40, j'allais traîner sur les quais de déchargement livrés à la végétation et m'abriter du soleil sous les verrières obscurcies par la crasse et les déjections d'oiseaux. Entre les constructions serpentaient de petites allées anonymes où erraient, furtifs, des hommes qui attendaient la nuit pour descendre sur les quais et s'étreindre à l'ombre des anciens débarcadères. De tout cela, il ne reste plus rien : tout a été enseveli sous les tonnes de béton de la dalle de Tolbiac Nord. La rapidité de cet escamotage confère aux nouvelles constructions du quartier un aspect irréel : trop neuves, trop parfaites, leur existence n'est que modérément convaincante.

Je me tenais en face d'un petit parc répondant au nom de square James Joyce. Les jambes lourdes, j'allai m'asseoir sur un banc. La nuit tombait. Sur ses quatre côtés, le jardin était entouré de petits immeubles d'appartements et de bureaux : j'observai s'allumer les uns et s'éteindre les autres, me demandant où habitaient les gens qui travaillaient là et de quels emplois lointains revenaient ceux qui, au pied des résidences, tapaient leur code d'entrée d'une main, tenant de l'autre un sac de courses.

Dépourvus de vis-à-vis, les logements du quartier étaient ouverts sur l'extérieur par de larges fenêtres et, pour peu qu'ils aient du temps à perdre et du goût pour ce genre de spectacle

– j'appartenais à ces deux sous-catégories –, les rares passants pouvaient voir à peu près tout ce qui s'y passait. Muettes, ces scènes domestiques restaient cependant impénétrables : les gestes y étaient ambivalents et les attitudes équivoques. Largement offerte, l'intimité n'offrait aucune prise, ne révélait rien, si ce n'est un désordre de propositions indécidables. Même les comportements les plus explicites – nudité, violence – restaient mystérieux : on n'était jamais sûr de ce que l'on voyait. Aussi n'essayais-je même pas d'interpréter les images qui se présentaient à mes yeux, considérant les tableaux entrevus non comme l'expression de sentiments ou la conséquence d'événements, mais comme les mouvements successifs et simultanés de jets d'eau contre le soleil, certaines projections de gouttelettes apparaissant, pour l'observateur situé dans l'alignement des rayons, plus lumineuses que d'autres, et formant, pour lui seul, une composition éphémère. Les déplacements des habitants ne signifiaient rien, n'étaient porteurs d'aucune vérité définitive, et c'est précisément ce flou, cette évanescence qui me captivaient, me maintenaient immobile sur mon banc, attentif aux glissements des silhouettes d'une fenêtre à l'autre, m'attachant aux détails, aux éléments du mobilier visibles depuis la rue et à la lumière variant à chaque étage selon qu'elle était filtrée par des abat-jour de couleur, des lustres de verre salis ou des appliques teintées.

Je m'intéressai principalement aux façades de la rue Abel Gance, animées d'incessantes circulations, et beaucoup moins à celles de la rue George Balanchine, dont les rares fenêtres ne donnaient à voir que des bureaux saturés d'une lumière blanche et crue. De temps en temps, des ombres traversaient ces scènes vides. Abandonnant un temps la contemplation des logements, je me retournai pour tenter de saisir des instantanés de la vie salariée.

La nuit venue, un groupe d'une dizaine de personnes se forma au pied des sièges sociaux. Me souvenant des leçons de Jeanne, je m'approchai, offris des cigarettes, demandai du feu et engageai la conversation. C'étaient des hommes et des femmes de ménage attendant l'embauche. Personne ne me demanda qui j'étais ni ce que je faisais là : on discuta du temps et fit quelques blagues en soufflant la fumée. Puis une porte portant une plaque « Service » s'ouvrit et tout le monde entra. Je suivis le mouvement. On emprunta, en file indienne, une succession de couloirs et d'escaliers pour déboucher sur une pièce au sol carrelé et aux murs couverts de petites armoires métalliques. À l'intérieur, des blouses. Je me changeai et, sans attendre les autres, passai dans le local attenant, où s'alignaient des chariots de produits d'entretien.

D'autorité, j'en pris un et le poussai vers l'ascenseur.

Au cours des heures qui suivirent, je circulai dans les étages déserts, me postant devant chaque fenêtre, ouvrant chaque porte et pressant chaque interrupteur. Je feignais parfois de vider les poubelles et de passer un coup de chiffon sur les vitres, puis, ne rencontrant personne – mais que faisaient mes « collègues » ? –, je cessai de jouer la comédie et ralentis le pas, prenant le temps d'examiner la décoration personnalisée des bureaux, de lire les avis sur les panneaux d'affichage et de goûter les victuailles laissées dans le réfrigérateur, ignorant les prénoms qui figuraient en lettres épaisses sur les emballages et m'amusant à imaginer les conséquences de ma gourmandise nocturne, les billets rageurs et les e-mails pincés rappelant « à tous » que « la cafétéria n'est pas un self-service » et que « le respect de la propriété de chacun » constitue « la base de la vie en communauté ».

Fatigué, je finis par abandonner mon chariot. Je me débarrassai également de ma blouse, me composant tant bien que mal, dans le miroir des toilettes, une tête d'employé resté au bureau pour terminer un travail urgent. Vêtu de ce masque, que j'imaginais vraisemblable mais qui n'aurait sans doute pas résisté à un examen approfondi, je continuai ma promenade dans les espaces normés du travail rémunéré.

Examinant les reliquats de leurs activités, je cherchai à deviner les habitudes des salariés, leur âge et la forme de leur corps, faisant se lever sur mon passage tout un peuple de fantômes, esquissant des visages et suivant, comme on piste un fleuve tari à partir des traits qu'il tire sur les pierres, des trajets dans les couloirs désertés. L'espace se mit bientôt à bruire de présences et, porté par cette marée ectoplasmique, je montai jusqu'aux derniers étages, ceux de la direction.

Grâce aux notions de crochetage que m'avait inculquées Jeanne, j'ouvris un à un les bureaux, me demandant chaque fois ce qu'il pouvait bien y avoir à protéger dans ces pièces rigoureusement identiques les unes aux autres, meublées des mêmes imposants bureaux noirs et surmontées des mêmes photos de familles détendues et bronzées, femmes, enfants et maris souriant à l'objectif depuis le pont d'un bateau, le balcon d'une résidence ou le parvis d'une église. La fenêtre du PDG surplombait les voies de la gare d'Austerlitz et, une nouvelle fois, je m'absorbai dans la contemplation de ce paysage vu cent fois, reconnaissant, dans l'obscurité pointillée de signaux rouges, les blocs compacts et micacés des immeubles et, à leur pied, au fond de la fosse ferroviaire, les méandres du corps reptilien de l'entrepôt de la SERNAM, régulièrement cerclé d'anneaux.

Assoiffé, je cherchai dans la pénombre le réfrigérateur du PDG. L'appareil s'ouvrit non pas sur l'habituel alignement de bouteilles d'eau minérale et de jus de fruits, mais sur une incroyable collection de fioles et de tubes, une pharmacopée multicolore et baroque portant des étiquettes écrites à la main. Il y avait là des dizaines de sirops, de potions et de baumes, ainsi que des ampoules, certaines dépourvues de signe distinctif, et des poudres aux couleurs pastel protégées par des films plastiques. Le bureau ne recelait aucun indice susceptible de m'éclairer sur cette mystérieuse réserve.

Lieux intermédiaires entre le public et l'intime, les bureaux vides étaient l'équivalent urbain de l'estran, cette étendue de sable découverte par la mer quand elle est basse : les reflux d'activité les laissaient périodiquement ouverts et jonchés de débris. Y traîner procurait des sensations similaires à celle que j'éprouvais en arpentant les marges de Paris : c'était la même érotique de l'effraction, le même frisson à glisser, par l'entrebâillement des surfaces, sa main contre la peau de la ville, et la même synchronisation des souffles, climatiseur et respiration mêlés.

J'ouvris une fenêtre donnant sur le boulevard Vincent Auriol : elle surplombait des passerelles métalliques fixées sur les immeubles avoisinants. Pris d'une inspiration subite, je passai ma jambe dans le vide et, tenant l'appui à deux mains, entrepris de me laisser glisser jusqu'au métal grillagé des coursives. Mais j'avais mal calculé mon coup : la distance était trop importante pour mener à bien la manœuvre, et je restai lamentablement suspendu deux bons mètres au-dessus de mon objectif. De peur de me casser une cheville, j'hésitai de longues minutes avant de sauter, et c'est finalement le talkie-walkie d'un vigile, stridulant par-dessus le bruit de la circulation, qui me décida à lâcher prise. Je tombai sans grâce, essayant, comme je l'avais vu faire dans de nombreux films d'action, de rouler sur moi-même pour absorber l'impact, mais ne réussissant qu'à me cogner le front contre la rambarde de métal. Je me plaquai contre le mur. Le vigile passa une tête par la fenêtre restée ouverte, jeta quelques regards en contrebas, puis referma les battants. J'attendis quelques minutes, puis repris ma progression.

Au prix de nombreuses contorsions et acrobaties, je passai les heures suivantes à visiter une succession de balcons encombrés de bacs à fleurs, de vélos, de jouets d'enfant et de meubles de jardin. Le reflet de l'éclairage urbain sur les vitres m'empêchait le plus souvent de distinguer l'intérieur des appartements. Parfois, les occupants s'étaient endormis devant leur téléviseur, offrant leur corps engourdi et leur visage relâché au bombardement de couleurs de l'écran. Je ne croisai, au cours de la nuit, que de rares figures humaines. D'abord un homme que la soif saisit au moment précis où j'escaladais sa fenêtre, me contraignant à une retraite en désordre. Puis une femme dont la tenue négligée (un débardeur, un slip d'homme et des chaussettes de ski) n'entamait en rien la séduction et qui, les cheveux relevés en chignon, laissait flotter ses gestes en une succession de tâches décousues – lecture, gymnastique, manipulation d'objets et d'aliments –, sans un seul regard pour la baie vitrée devant laquelle je m'étais placé pour l'observer (elle avait, je pense, aperçu mon reflet dans l'un des nombreux miroirs qui meublaient l'appartement et, troublée d'être ainsi épiée mais n'osant me faire face, avait préféré m'ignorer). Enfin, une famille revenant de voyage et qui, manifestement impatiente de retrouver son logement, avait lourdement laissé tomber sacs et valises dans l'entrée pour s'égayer dans toutes les pièces, ouvrant portes et fenêtres et pressant chaque interrupteur jusqu'à ce que l'excès de luminosité ne finisse par révéler, immobile sur la terrasse, les contours de ma silhouette (j'eus à peine le temps de passer par-dessus la rambarde avant qu'ils ne réagissent).

Progressant avec effort sur les structures métalliques qui longeaient les immeubles, je me faisais l'effet d'un avatar pataud de mes héros d'enfance, les Fantômas, Arsène Lupin et autres Rocambole dont les aventures avaient constitué mes premières émotions de lecteur et qui, trente ans après, étaient toujours une sorte d'idéal littéraire tant le mouvement de cette littérature désuète était de dévoiler la ville, chacun de ces personnages manipulant monuments et immeubles comme de vulgaires boîtes, y cachant trésors ou otages et reluquant sans vergogne l'intérieur des appartements.

Dépourvu de lampe torche, je tâtonnais au hasard, espérant qu'une fenêtre mal fermée ou une serrure à demi enclenchée cède sous mes doigts. Mais la pénombre rendait mes manœuvres malaisées, et j'avançais sans trouver les failles désirées. J'aurais pourtant bien aimé pénétrer dans l'un de ces intérieurs cachés derrière la gaze des rideaux et m'assoupir quelques heures dans ces chambres dont la lueur des veilleuses esquissait les contours. J'imaginais de goûter là le plaisir de m'éveiller surpris, presque menacé par la configuration inattendue de l'environnement, puis, ayant étendu la main, de me trouver rassuré par la proximité des choses, lisant les magazines empilés sur la table de nuit à la page où ils avaient été laissés ouverts, examinant tous les bibelots, les retournant pour connaître leur provenance, ouvrant bientôt les tiroirs pour éprouver de la main les piles de chemises, de pulls et de sous-vêtements, tout cela doucement, comme une créature mutante éprouve, fascinée, sa nouvelle peau.

Je me souvenais de lendemains de fête dans des appartements étrangers, passés à parcourir, pendants que les autres dormaient encore, des textes pris au hasard dans les bibliothèques, à picorer des restes de cuisine dans les frigidaires et à visionner des vidéos étiquetées « Noël 1992 » ou « Thaïlande 1987 » ; sur l'écran s'animaient des personnages dont les propos étaient alternativement saturés ou couverts par le bruit du vent et des conversations ambiantes.

Mais l'accès aux appartements floutés par les reflets du double vitrage m'était interdit par un maillage serré de serrures à trois points, de détecteurs de mouvements et d'alarmes-contact. Seule une fête me permit, pour quelques heures, de franchir le mur de verre des façades : descendu sur un balcon où se pressaient des fumeurs, je me mêlai, comme Jeanne m'avait appris à le faire, aux discussions du groupe puis, un verre à la main pour me donner une contenance, pénétrai dans l'appartement attenant, où une cinquantaine de convives gesticulaient au son d'une musique poussée à fond. Le désordre de ma tenue aurait dû immédiatement me signaler comme intrus, mais il était trop tard et les participants étaient trop alcoolisés : personne ne remarqua ma présence. Je pus donc à loisir visiter l'appartement, fureter dans chaque pièce, inspecter, dans la cuisine, le contenu du frigidaire et, dans la salle de bains, celui de la petite armoire placée au-dessus du lavabo, ces deux meubles présentant, à l'inverse des bibliothèques ou des armoires à CD, trop souvent mis en scène, un point de vue imprenable sur l'intimité des occupants (j'hésitai à fouiller les poubelles, puis renonçai, par peur d'être surpris : le souci de mon image ne m'avait pas encore complètement quitté). L'ivresse et les décibels agissant comme des isolants, les invités se parlaient avec l'illusion d'être protégés par les murs d'un invisible parloir, et il m'était facile, circulant au milieu des groupes, d'écouter leurs conversations, m'efforçant de ne pas juger leur intérêt ou leur pertinence, mais simplement de me dissoudre dans la profusion de détails pour goûter la volupté d'être submergé par des vies inconnues. Ce fut, je crois, ma première expérience véritablement spectrale : personne ne vint m'adresser la parole, mais personne ne chercha à me mettre dehors non plus. Je n'attirais plus l'attention.

Enivré par ce sentiment d'invisibilité, je me mis à frôler les corps. Certains se détournaient, mais d'autres, au contraire, se laissaient faire, voire recherchaient le contact. Il y eut cette chevelure longue et rousse que j'effleurai du dos de la main avant de faire jouer mes doigts entre les boucles, sa propriétaire accompagnant mes gestes de légers mouvements de la nuque, comme pour donner de l'ampleur à chaque caresse ;

il y eut ce pied dont les doigts vernis jouaient sous une table avec des lanières de chaussure et dont je me saisis, faisant glisser mes ongles le long de sa voûte jusqu'à ce que l'épiderme se rétracte et s'offre ; il y eut ce dos, nu et encadré par les deux bretelles que j'éprouvai du bout des doigts, furtivement d'abord, presque imperceptiblement, puis, discrètement encouragé par des pressions de main et des frissons consentis, avec de plus en plus d'ardeur, déliant lentement ses courbes du plat de la paume. Aucun mot ne fut prononcé, aucun regard échangé : je ne fus, pendant quelques heures, qu'un bouquet de nerfs sans terminaisons. Et jamais ces visages longuement embrassés dans la pénombre n'ouvrirent les paupières pour me voir, jamais ces bras déjetés dans l'étreinte ne se refermèrent sur moi.

Quand les derniers convives quittèrent les lieux, je m'esquivai par la fenêtre d'une chambre, descendant un à un les balcons des appartements comme les degrés d'une gigantesque échelle, sans jamais cesser de craindre que ma gaucherie ne me fasse perdre prise. Épuisé, je finis par opérer un dernier rétablissement sur les aérateurs grillagés du Franprix sis 17 boulevard Vincent Auriol. M'allongeant pour reprendre mes esprits et ma respiration, je laissai les vibrations sourdes de la soufflerie me masser le dos. Autour de moi, les quatre immeubles du boulevard Vincent Auriol, du quai de la Gare et des rues George Balanchine et Fernand Braudel encadraient un rectangle de ciel où l'éclairage urbain éclipsait les étoiles, ne laissant briller que les feux des avions et les scintillements des satellites. La tension se relâchant peu à peu, je pris conscience que j'étais trempé de sueur et couvert de traces noirâtres. Il fallait songer à mettre fin à mon escapade. Le toit du magasin surplombait l'allée conduisant à la porte de l'immeuble : je m'accroupis, attendant qu'un résident entre ou sorte. Mais, à cinq heures du matin, l'affluence était réduite : un quart d'heure passa, puis une demi-heure, sans que personne se présente. Perclus de crampes, je commençai à me décourager : je me savais hors d'état de mener de nouvelles escalades. Changeant de position pour éviter l'engourdissement, je vis soudain de la lumière filtrer sous mes pieds : le Franprix s'animait. M'approchant d'un dôme de verre dépoli distribuant la lumière extérieure dans les allées du magasin, je crus distinguer des mouvements confus, entrevis des silhouettes. Côté immeuble, toujours personne : une à une, j'examinai les trappes permettant d'accéder à l'intérieur du supermarché. Mal fixé, un vantail s'ouvrit sous mes coups de pied : je passai la tête, vis une poignée d'intérimaires garnissant les présentoirs. J'attendis qu'ils aillent chercher d'autres produits dans la réserve, me coulai par l'ouverture et, à six heures du matin, foulai le trottoir du boulevard Vincent Auriol avec sous le bras deux paquets de Granola et une bouteille de lait subtilisés dans les étalages.

J'allai déguster mon larcin sur un banc placé le long de l'avenue de France. Encore déserte, la ville me sembla profondément changée, et rien, ni l'arrivée progressive des salariés, ni l'intensification de la lumière du soleil, ni le volume croissant des moteurs de voiture, ne vint modifier cette impression. J'avais le sentiment, non pas de voir Paris pour la première fois, car j'en reconnaissais les contours, mais de l'envisager sous un angle radicalement neuf. C'étaient bien les mêmes façades de verre ornées d'ascenseurs apparents, les mêmes portes à tambour menant aux mêmes halls sonores et vides, les mêmes barrières rouges et blanches contrôlant l'accès aux mêmes parkings balisés, mais je voyais désormais combien toutes ces défenses étaient vaines : elles ne protégeaient plus rien, ne cachaient plus personne. Derrière les murs érigés contre les passants, les milliers de carrés privatifs de la ville m'apparaissaient comme des massifs, des floraisons de pierre et de métal encadrant des allées au parcours compliqué.

Et le dessin de ces indémêlables enchevêtrements n'était visible que de moi seul.

II

« Le silence devra être absolu, et on n'entendra aucun chuchotement ni aucune voix, si ce n'est celle du lecteur. »

Benoît de Nursie,
Règle de saint Benoît, # 38 (540)

1

La conjuration n'a ni nom ni symbole : l'obscurité seule est son élément.

Je traîne dans les quartiers d'affaires, en quête de brèches dans les défenses crénelées de l'architecture d'entreprise. Malgré ses surfaces vernies et ses accès ménagés, je sais désormais que la ville des urbanistes n'est pas plus pleine que la mienne : la lumière a beau y briller en permanence, tout un infra-monde de parkings, de salles informatiques et de citernes reste continuellement désert. Et, la nuit, des tours vides de toute présence humaine dérivent à des allures d'iceberg.

Mais les sièges sociaux sont mieux défendus que les résidences privées : impossible d'entrer en prétextant un rendez-vous ou un colis à livrer. L'accès est contrôlé par des portiques qui ne s'ouvrent qu'aux possesseurs de badges accrédités.

Il a fallu faire des repérages. Adoptant un rythme inverse aux horaires de bureau, j'ai vécu des semaines dans un quartier résidentiel : dans un silence seulement troublé par le babil des téléviseurs, les rideaux s'y soulevaient discrètement sur le sillage de chaque passant. Le soir, lorsque les rues s'emplissaient d'hommes en costume froissé et de femmes aux bas filés, je montais dans un métro désert – on se pressait sur le quai d'en face – pour rejoindre La Défense ou le Front de Seine.

Là, posté sur une passerelle ou au dernier étage d'un parking, j'observais à la jumelle les plateaux de bureaux désertés. Dans la pénombre, sur fond d'écrans de veille et de distributeurs de boissons, circulaient des silhouettes solitaires qui, parfois, s'étreignaient fugitivement. Les plafonniers de pièces entières s'allumaient ou s'éteignaient à intervalles réguliers, afin de donner l'illusion que l'immeuble était encore occupé. Le balayage des phares des voitures animait les plantes vertes de lents mouvements aquatiques et, dans les vitres troublées de reflets, les flux de l'économie mondiale semblaient un ballet de créatures marines se frôlant des nageoires.

J'ai passé des heures au pied des tours, scrutant à travers les fenêtres les plus infimes mutations du paysage du travail : cartons déplacés, bureaux vidés, taches, posters, bibelots et poubelles débordant des vermicelles de papier crachés par la broyeuse. J'ai attendu le départ des derniers employés, ceux qui ne réintègrent leur domicile qu'à regret, puis l'arrivée des vigiles, cartes et clefs tintinnabulant autour de leur cou. La transparence des cloisons ne faisait qu'exacerber mon désir : sur les tables, le désordre des dossiers imitait le plissé des draps écrasés par les corps des dormeurs.

Négligeant le bloc noir strié d'argent de la tour Areva, les cristaux flamboyants de la tour Total et la conque postmoderne de la tour EDF, j'ai fureté autour des tours Europe et Chartis, vieillissantes et, pensais-je, moins protégées. Pendant une semaine, j'ai ausculté ces bâtiments mètre par mètre, cherchant un défaut, un accroc, un passage. Mais rien. Découragé, j'échouais à l'aube dans les locaux du Club Med Gym ou de Fitness Parc, les salles de sport étant, à La Défense, les premiers établissements à ouvrir et les derniers à fermer. Je ruminais mon échec devant un café tandis que, derrière la baie vitrée séparant le bar des zones d'exercice, s'évacuait le stress accumulé dans les étages supérieurs des immeubles en une succession de mouvements soigneusement chorégraphiés. Courant sur des tapis, nageant dans la piscine, pliant les genoux, levant les bras et tirant sur leurs muscles, les clients de ces clubs semblaient possédés : le regard vide, ne regardant ni dehors ni en eux-mêmes, ils s'abandonnaient à la pure sensation de leur corps en mouvement.

Chacun de ces gymnases privés disposait, à l'accueil, d'une petite corbeille où les clients déposaient les menus objets oubliés dans les vestiaires : s'y entassaient étuis à lunettes, clefs USB et bracelets électroniques servant à mesurer le rythme cardiaque. Profitant d'un retard des hôtesses, j'y ai, un matin, subtilisé plusieurs badges d'accès égarés par leurs propriétaires. Certains étaient anonymes, mais quatre s'ornaient du nom de l'entreprise qui les avait émis. Je résolus de les tester un à un, me présentant devant les portiques le nez plongé dans un journal et passant machinalement ma carte devant le lecteur. Mes deux premières tentatives furent des échecs mais, la troisième fois, les portiques s'ouvrirent au premier essai. L'air affairé, le cœur battant, je suivis les salariés vers l'ascenseur.

2

Comme les moines au silence, les conjurés se vouent à l'absence. Une fois leur serment prononcé, leur vie n'est plus tournée que vers un seul but : disparaître. Les portes doivent leur être éternellement battantes.

Une fois à l'intérieur, il faut se terrer jusqu'au soir. Cachette évidente, les toilettes sont à proscrire : c'est là qu'il y a le plus de passage, et une cabine restant fermée trop longtemps se remarque très vite. Si vous avez pris la précaution de venir en costume (tailleur pour les femmes), la meilleure solution consiste à vous installer d'autorité dans un bureau vide et à faire semblant d'y travailler (pas de zèle, n'allez pas vous faire piéger en voulant trop bien faire). Par souci d'économie, certaines entreprises s'efforcent cependant de maximiser l'usage de leurs locaux, et les espaces inutilisés y sont rares, voire inexistants. Dans ce cas, la solution consiste à rester sans cesse en mouvement, à arpenter les couloirs d'un pas décidé, à emprunter les ascenseurs et à faire de longues stations dans les salles d'attente et les cafétérias. Si vous êtes souriant et naturel, on n'y verra que du feu.

Peu à peu, les lumières vont s'éteindre, les bureaux se vider. Restez à l'affût : si vous sortez trop tôt, vous serez immanquablement repéré. Quand arriveront les femmes de ménage, demeurez à couvert, déplacez-vous au besoin : il faut laisser passer vingt minutes de silence complet avant d'émerger.

C'est le moment : allez-y. Marchez lentement, maîtrisez votre respiration : il faut oublier votre peur. Regardez autour de vous, apprenez à reconnaître, dans ce paysage fonctionnel, les zones d'inscription de présence. D'un geste, dessinez les contours des corps évanouis. Palpez les vestes oubliées sur les porte-manteaux, faites leurs poches. Détaillez, à la lumière s'il le faut, les photographies encadrées sur les bureaux. Observez les traces sur les plinthes, la moquette, les murs. Faites des relevés. Éprouvez l'absence au plus près, imaginez que vous êtes un enquêteur chargé de reconstituer les derniers instants d'une victime et que ces piles de papiers, ces bibelots rapportés de vacances et ces Post-it collés sur des dossiers constituent vos seuls indices. Suscitez, évoquez. La véracité de vos hypothèses n'a aucune importance : la personne réelle, celle qui passe ses journées dans cette pièce et qui, en ce moment, dort, mange ou danse à quelques kilomètres de là, ne nous intéresse pas. Seul son spectre nous importe : c'est lui, votre frère.

Car le vide a ceci de supérieur au plein qu'il est riche de mille circulations : chaque disparition libère une nuée d'informations et de détails qu'aucune certitude ne viendra jamais souiller. L'humanité n'accède au sublime qu'en s'évanouissant.

3

La conjuration comprend trois niveaux : l'adepte est successivement Discret, Furtif et enfin Absent. Il n'y a ni maître ni gourou. Seules la valeur et la détermination du conjuré lui permettent de passer d'un degré à l'autre.

Voilà une semaine que j'ai réussi à entrer dans la tour. Progressant par cercles concentriques à partir des bureaux auxquels j'avais accès, j'ai peu à peu étendu mon périmètre d'exploration à tout le bâtiment. C'est relativement facile : il suffit de passer par les escaliers de secours. Le code de désactivation des alarmes est le même à chaque étage : une fois qu'on l'a identifié (il est souvent griffonné sur la liste des « consignes en cas d'incendie » affichée dans les PC sécurité), les étages s'ouvrent les uns après les autres comme les tiroirs à glissière d'une commode. J'en fouille méthodiquement le contenu, sans véritablement savoir ce que je cherche.

Au cœur du bâti s'éclaircissent parfois des aires en réfection ou en attente de locataires. S'y retrouvent des couples illégitimes – faute de lit, ils s'étreignent à même la moquette, mais, dans le décor de verre et de métal, leurs accès de sauvagerie sexuelle semblent factices, comme joués pour un public absent – ainsi que des hommes qui, à l'inverse des précités, restent habillés, se contentant de s'échanger, en silence, dossiers et mallettes sur le contenu desquels je ne peux que spéculer. Je prends parfois des photos, en zoomant sur les visages : cela peut peut-être servir un jour.

Dans la nuit des bureaux et des salles de réunion se lèvent parfois des figures humaines. Ce sont des cadres surmenés bouclant un dossier (affairés, ils sursautent quand j'apparais), des obsessionnels aimant travailler seuls (soupçonneux, ils me suivent longuement du regard) et des ambitieux planifiant minutieusement leur avènement sans se rendre compte que je les observe par la porte entrouverte.

En une semaine, je me suis familiarisé avec le territoire. J'ai localisé les salles de réunion aux moquettes profondes, les cafétérias aux réfrigérateurs bien remplis et les salons de réception munis d'une cabine de douche. Le jour, je dors sous un bureau, dans un recoin de parking ou bien dans les étages en réfection. Pour ne pas effrayer d'éventuelles rencontres, je prends bien garde de ne pas me laisser aller : je me lave et change régulièrement de vêtements (les penderies en sont pleines, et j'ai la taille standard). Je ne vole que des objets négligeables : provisions, rames de papier, journaux.

J'ai appris à reconnaître toute la population invisible qui œuvre en ces régions : les inspecteurs d'extincteurs ; les réparateurs de photocopieuses ; les livreurs d'eau, de papier, de pizza ; les bataillons de femmes de ménage et leurs équipements sophistiqués ; les hôtesses d'accueil aux chignons parfaits et aux talons plats ; les mécaniciens d'ascenseur, les laveurs de vitres et les ouvriers du chauffage ; les gardiens de parking, les préposés aux poubelles et les manutentionnaires ; et les membres anonymes et interchangeables des « équipes d'intervention », qu'elles soient en charge de la sécurité, de la maintenance ou de l'alimentation électrique.

Je ne me mêle à personne, fuyant tout contact. Je reste à l'affût, observant les autres de loin, de haut, derrière une vitre. J'entends les conversations, je lis les messages, mais plus personne ne me parle.

Je ne suis jamais complètement seul cependant : quelqu'un, je le sens, m'épie. On anticipe mes mouvements, on verrouille certaines portes derrière moi, m'emprisonnant, tel un rat de laboratoire, dans des couloirs sans issue. Pour obliger mon poursuivant anonyme à se découvrir, j'ai multiplié les feintes, me cachant dans des placards puis revenant silencieusement sur mes pas. Mais mon mystérieux suiveur est resté invisible. Comme les chasseurs embusqués près des mares, j'ai guetté les allées et venues à la cafétéria et aux toilettes, sachant que c'était à proximité de ces deux endroits que j'avais le plus de chances de le voir. J'ai même tenté d'utiliser des appâts, bouteille d'alcool et gâteaux divers. Personne n'y a touché.

C'est dans le piège à tigre de la cabine d'ascenseur que j'ai finalement attrapé mon prédateur. Lors d'une coupure de courant, j'ai entendu des appels à l'aide étouffés qui semblaient émaner de l'habitacle. J'ai attendu puis, les cris continuant, je me suis servi de mes clefs de pompier pour débloquer les portes. Quand elles se sont finalement ouvertes, l'homme qui était retenu prisonnier a eu un mouvement imperceptible : j'ai bien vu qu'il me reconnaissait. Il arborait la veste siglée d'une société de vigiles mais ne me posa aucune question sur ma présence, pourtant manifestement non autorisée, dans l'immeuble. Le regard fuyant, il lança un bref « Merci » et s'éloigna rapidement. Mais je lui emboîtai le pas, bien décidé à ne pas le lâcher : il était en ronde ? C'est ça, en ronde : il s'était fait prendre bêtement dans l'ascenseur. Dans ce cas, pourquoi n'avait-il pas appelé sa centrale ? Il s'anima, brusquement agressif : qu'est-ce que je faisais ici, d'abord ? La même chose que lui, probablement, répondis-je. Silence. J'avouai sans difficulté que j'étais un rôdeur et vivais clandestinement dans les locaux depuis plusieurs jours, ce afin de l'encourager à se livrer. « Je sais, lâcha-t-il finalement, je te suis depuis plusieurs jours. » Il se passa la main sur le visage. Les néons de la cage d'escalier creusaient ses traits et ses orbites. « Tu veux pas qu'on aille là-haut ? Pour discuter, c'est mieux. » Sans attendre ma réponse, il s'engagea dans les escaliers de secours. Je le suivis. Arrivé en haut, il déverrouilla la lourde porte d'accès aux toits.

Il s'exprimait de manière désordonnée, faisant des allers et retours incessants entre le passé et le présent. Nous étions assis sous un auvent de béton, sur des sièges en cuir qu'il avait dérobés dans une salle d'attente. Il venait ici tous les soirs, restait parfois la journée. Il m'avait vu, n'avait pas su quoi faire : j'étais qui ? J'essayai de répondre, mais il poursuivit sans m'entendre. Le revêtement à nos pieds était sali d'écoulements et de déjections d'oiseaux.

Il avait été vigile. C'était fini, mais il avait gardé la veste et les clefs. Quand il avait perdu son logement, il était revenu sur les lieux de son ancien travail. C'était propre et il y avait toujours à manger. Se tournant vers moi, il me fixa : c'était la première fois qu'il me regardait en face. « Tu ne peux pas rester ici, me dit-il, déterminé. À deux, on va se faire repérer. Et j'étais là avant. » Je le tranquillisai : j'allai le laisser, il ne fallait pas qu'il s'inquiète. De toute façon, je pouvais aller où je voulais. Comment ça, où je voulais ? Où je voulais : qu'il me teste s'il ne me croyait pas. Incrédule, il pointa l'index vers l'hôtel Pullman, dont la coque vernie brillait dans la nuit comme celle d'un yacht.

Deux heures plus tard, nous étions au sommet du bâtiment et, une fois bues les mignonnettes subtilisées dans les minibars des chambres, nous lancions les flacons dans le vide, tendant l'oreille dans l'espoir d'entendre, vingt-deux étages plus bas, leur explosion cristalline.

Dès le lendemain, nous avons cherché d'autres carcasses à parasiter.

#4

La disparition du conjuré est naissance à une vie nouvelle, débarrassée des contraintes de l'espace et du temps.

Ils attendent qu'on les libère. Un mince filin les relie encore à la rive, mais les ponts sont depuis longtemps coupés. Et chaque soir, pour retarder le moment du retour, ils multiplient les tâches inutiles.

C'est à ce moment-là qu'on apparaît. Certains de rêver, ils se frottent les yeux, mais on est toujours là, évoluant avec une lenteur extrême, sans à-coup, comme si murs et cloisons n'existaient pas pour nous. On furète, ouvrant les tiroirs, explorant les poubelles. On passe nos mains sur les surfaces, cherchant les creux d'usure, les traces. Attentifs à tout, on n'attend rien de précis.

Ils reconnaissent notre discrétion : c'est la leur. Comme eux on courbe la tête, comme eux on marche sur la pointe des pieds. Mais notre effacement semble plénitude et notre insignifiance légèreté, quand leur vie à eux n'est qu'un perpétuel acte de présence sans joie. Toute la journée au bureau, ils disent oui, bien sûr, pardon, naviguant entre les remous, frappant de petits coups brefs sur les portes et souriant d'un air contrit. Et le soir, une fois rentré, il faut parler bas, pour ne pas déranger.

Alors ils guettent notre retour, jusqu'à l'épuisement. Et quand le sommeil les rattrape, ils rêvent d'ombres compatissantes se déplaçant sans effort et les invitant, d'un geste, à l'abandon.

#5

La disparition s'obtient par ruine systématique de soi-même. Ce n'est qu'en devenant vestige de lui-même que le conjuré parviendra à s'évanouir.

Fuir ne sert à rien : les fugitifs sont les premiers à être repérés. On ne s'efface qu'en organisant son propre effondrement. Pour cela, pas de cheminement spirituel ni de séance de méditation, mais une longue ascèse consistant à se plier infiniment au désir des autres, ceux-là mêmes aux yeux desquels on souhaite disparaître. Il faudra dire oui à tout, être prévenant et serviable, accepter toutes les contraintes, mieux, en faire des règles inviolables. Transformer ses lieux de vie en prisons, et son emploi du temps en une règle monastique. S'enfermer au fond de soi-même comme dans un cul-de-basse-fosse, et sceller la porte pour étouffer les cris. Écraser lentement ses résistances sous l'excès de poids.

S'il observe strictement ce régime, le conjuré sentira, au bout d'une période plus ou moins longue, les premiers signes d'un effritement intérieur. Ses défenses, douloureuses à force d'être raidies, s'affaibliront, et sa hargne s'évanouira pour être remplacée par un détachement de plus en plus profond. Isolé du monde par l'impénétrable écran de sa servilité, il goûtera une paix nouvelle et, assoupli, effectuera avec facilité les tâches les plus ardues. À force d'aisance, il se fondra graduellement dans la masse, devenant bruit de fond, arrière-plan, ambiance. Relégué dans l'ombre, il s'y trouvera comme un nageur dans le courant et ira, suivant les sinuosités de l'obscurité, plonger dans des tunnels, chuter dans des puits et surnager dans des bassins. La ville cessera pour lui d'être un espace pour devenir milieu, continuum ouvert à la libre circulation.

6

Initié, le conjuré perd nom et histoire : il n'est plus que regard sur un monde qui s'éteint.

La plupart du temps, je ne dis rien : ni prêche, ni discours. Je montre la voie, et tout le monde calque ses gestes sur les miens. J'ai tout abandonné : clefs, argent, papiers. Je n'ai gardé dans un petit sac à dos que mes outils et des vêtements. Je prends soin de mon apparence et incite le groupe à faire de même : ressembler à des errants risquerait de nous exposer.

J'ai considérablement étendu le champ de mes investigations : je suis désormais capable de passer à travers des blocs entiers de constructions, meubles sous mes doigts comme des concrétions calcaires. Le groupe me fait une confiance aveugle. Ils ne me demandent jamais où nous allons, ne protestent pas s'ils sont fatigués, s'ils ont soif ou faim. Quand je le décide, nous nous arrêtons dans un supermarché pour manger à même les rayons.

Au vigile du début se sont agrégés un jeune chauffagiste et une femme de ménage d'une cinquantaine d'années. Cumulant deux emplois, l'un tard le soir et l'autre tôt le matin, le couple avait pris l'habitude de se retrouver dans l'atrium d'une galerie commerciale désertée pour somnoler avant l'embauche. Ils cachaient leurs affaires – quelques couvertures, des thermos – dans les massifs de fleurs. Un soir, ils ont trouvé nos deux paquetages à côté des leurs. Méfiance, observation : c'était leur territoire, après tout. Au lieu de nous installer avec eux sur l'imposante banquette circulaire qui occupait le centre du patio, nous avons préféré opter pour deux bancs inconfortables dans un coin. Pendant toute une semaine, ils ont observé nos allées et venues : rayonnant autour de notre campement, on forçait une à une les portes de service, pénétrant dans les magasins, les restaurants, les parkings. Craignant qu'ils ne nous dénoncent, on déposait à leur intention des cadeaux volés dans les étages : coussins, ustensiles de bureau, vivres parfois. On retrouvait les emballages vides dans les parterres, mais jamais un mot de remerciement.

Et puis, un soir, ils sont venus rechercher leurs affaires. Leur contrat de travail, renouvelable tous les trois mois, n'avait pas été reconduit. Il allait falloir recommencer les lettres, les entretiens, les CV. On leur a offert un café, proposé – s'ils voulaient ? – une promenade. Ils ont acquiescé en souriant : ils s'étaient tellement demandé ce que l'on fabriquait ! On leur a montré, ils sont restés.

Je ne connais pas le nom de ceux qui m'accompagnent, ni eux le mien. Nous n'en avons pas besoin, nous ne nous parlons pour ainsi dire pas. On marche en file indienne comme des pilleurs de sarcophage.

Je laisse la météorologie urbaine composer mon itinéraire, déviant ma route selon les pannes d'électricité, les embouteillages et les descentes de police. Je n'ai ni but ni règles : pas de sommet à gravir, pas d'exploit à accomplir. Derrière moi, le groupe avance en ondoyant, tournant chaque poignée de porte, poussant chaque fenêtre. Nous réagissons à la moindre modification de notre milieu, détectant, tel un banc de poissons, les plus imperceptibles mouvements de foule et les ralentissements de la circulation, adaptant notre trajet en conséquence. Dès qu'une brèche apparaît, on s'engouffre, dès qu'un sillage se forme, on le suit. Sur les trottoirs, on se range dans les files d'attente sans savoir où elles mènent, et on sonne aux portes où se pressent les fêtards. On ne ment jamais, on ne joue pas de rôles. On sourit, on dit bonjour, et on ne s'offusque jamais des refus.

Nous avons glissé hors de la langue. Nous ne faisons qu'entendre les mots, les phrases adressées à d'autres, sans jamais véritablement élucider leur portée. Mais, par les mille trous dont nous avons percé la ville, nous captons tout, sans discrimination : les confidences chuchotées, les commentaires malveillants, les conversations privées et les déclarations d'intention. Sans cesse, tout autour de nous, ça ordonne, ça supplie, ça explique, ça roucoule, ça soliloque et ça ment (encore et encore). Des conférences de presse, des exposés et des négociations d'affaires bourdonnent à nos oreilles, entrecoupés de longs récits intimes déformés par le prisme des ondes radio. Et c'est ce ressassement fantôme qui nous sert de conversation : plutôt que de parler, on écoute la lente litanie des affres citadines, isolant certains passages, les répétant jusqu'à les faire nôtres.

7

Initié, le conjuré devient chambre d'écho du bavardage infini.

Ils ouvrent les yeux : on est là, à les regarder dormir. C'est la première fois qu'ils voient nos visages de près. Ils se lèvent, ils ont tellement de questions à nous poser ! On recule de quelques pas. Ils essaient fébrilement de nous rassurer : il ne faut pas avoir peur ! Ils ne diront rien ! Sans répondre, on fait volte-face pour s'éloigner. Certains ne vont pas plus loin. Immobiles, ils nous regardent partir, appellent parfois, puis se taisent, effrayés par l'écho de leur voix dans les couloirs désertés. D'autres, au contraire, choisissent de nous suivre. On les laisse faire, sans égards particuliers. D'un pas toujours égal, on poursuit notre progression, inspectant chaque bureau, certains vides – les documents oubliés sur la moquette deviennent des reliques que l'on se passe de main en main –, d'autres encore occupés.

On traite chaque pièce comme une scène de crime et chaque étage comme une zone sinistrée. Attentifs à ne rien déranger, on examine le moindre indice avec des gestes d'archéologues, comme si le monde du travail salarié au XXIe siècle était mort depuis longtemps et qu'on en exhumait avec curiosité les derniers vestiges.

Sur nos talons, les nouvelles recrues traversent salles de réunion, cafétérias et halls d'accueil. Ils essaient de nous parler, mais on reste silencieux, sans hostilité cependant : on leur sourit.

Quand ils se posent la question du retour, celui-ci est devenu matériellement impossible. Ils n'ont plus aucune idée d'où ils se trouvent, et nous ne faisons rien pour les orienter. Au contraire, on s'efforce de les décourager : revenir vers quoi ? Qu'y a-t-il à regretter de cet interminable désastre que fut leur vie ?

Pris de panique, quelques-uns désertent, mais la plupart s'abandonnent, comme les enfants Darling aux pouvoirs de Peter Pan. Alors on déroule pour eux des arabesques d'itinéraires, on les fait traverser des grands magasins et des jardins ministériels, des ambassades reluisantes de pompe diplomatique et des réserves balisées de signalétique colorée. Par les escaliers de secours, les accès pompiers et les portes d'évacuation, on les conduit dans des salles de musée aux menaçantes silhouettes statuaires (il faut marcher pieds nus sur le carrelage froid pour ne pas faire de bruit), dans des piscines sonores comme des nefs d'église et dans de luxueux appartements perpétuellement fleuris pour des propriétaires absents. Toute la nuit, on les enivre de transgressions et d'interdits, on les épuise, on les désoriente, et quand, au matin, ils titubent, on a pour eux mille prévenances, on leur montre comment se laver dans les éviers des cafétérias, se nourrir de petits-fours rassis et bivouaquer dans de vieux cartons.

On les observe, on les teste, on essaie de les piéger. Imperceptiblement, on allonge la durée des marches, on prend des passages de plus en plus difficiles. Quand ils peinent, personne ne leur tend la main. Ce traitement dure jusqu'à ce qu'ils soient jugés prêts. Alors on s'arrête et on les encercle : ils voient tout de suite qu'il ne sert à rien de résister. Méthodiquement, sans violence mais avec détermination, on les fouille, mettant de côté tous les éléments d'identification. On confisque leurs cartes (de crédit, de visite), on détruit leur téléphone et on arrache les étiquettes de leurs vêtements. Puis, munis d'un ordinateur, on fait disparaître les dernières traces de leur existence : comptes e-mail, pages personnelles et photos en ligne. Au terme de cette initiation, ils ne sont plus, comme nous, que corps d'absence.

8

Le conjuré ne se retire pas du monde, il s'y dissout. La conjuration ne prône pas l'isolement mais, bien au contraire, la fusion.

Disparaître ne veut pas dire raser les murs. Disparaître implique de devenir si peu remarquable que personne ne pourra jamais se souvenir de vous avoir vu. C'est une discipline, un véritable art auquel le corps et les sens doivent être progressivement éduqués. Les exercices ci-dessous ont été conçus pour permettre au conjuré de s'entraîner par lui-même et d'évaluer ses progrès.

L'immobilité attire l'œil. On ne s'efface qu'en restant, comme les insectes, continuellement en mouvement. Il faut ne bouger ni trop vite, ni trop lentement, trouver la vitesse ambiante, le bruit de fond visuel sur lequel régler son allure. Pour vos entraînements, choisissez des environnements confinés : parcs, églises, musées. Évitez les piscines, les patinoires, les gymnases et, plus généralement, tout lieu où les usagers ont leur place assignée, leur siège, leur casier : quand la ronde s'arrête, vous risquez de vous retrouver dernier debout.

Le **Premier Exercice d'invisibilité** se pratique dans une grande surface. Prenez-la de bonne taille : hyper plutôt que super. L'enjeu consiste à y rester toute la journée, de l'ouverture à la fermeture, sans jamais rien acheter ni être détecté par le service de sécurité. Vous pensez la tâche aisée ? Vous vous souvenez d'avoir fait, adolescent, des choses de ce genre ? Détrompez-vous : des caméras surveillent en permanence les rayonnages, et chaque entrée et chaque sortie sont dûment comptabilisées. Il faudra, avec votre caddie, trouver la bonne alternance de stations et de déplacements, rester dans les allées fréquentées sans pour autant coller de trop près les autres acheteurs, ne pas repasser trop souvent aux mêmes endroits, etc. Une variante de cet exercice peut s'organiser dans un petit village de campagne : là encore, l'objectif est de circuler toute la journée sans attirer l'attention des habitants embusqués derrière leurs rideaux.

L'apparence est évidemment primordiale : aucun détail ne doit attirer l'œil, mais rien ne doit non plus signaler une volonté de discrétion. Pas d'imperméable gris, de lunettes noires, d'écharpe sur le nez. Du banal, du sans genre ni connotation : si un élément de la tenue, même mineur, est chargé de signification, il faut immédiatement l'équilibrer par un autre, porteur du sens opposé. Évitez à tout prix la mode et, plus généralement, le bon goût. Personne ne doit vous trouver ni beau ni bien habillé.

Le **Second Exercice d'invisibilité** est l'exact inverse du premier. Partant d'une gare ou d'un aéroport, il vous faudra atteindre un autre centre de transit, et ce en ne vous déplaçant qu'au sein de groupes déjà constitués. Tel un saumon surnageant dans le courant, vous devrez infiltrer des colonnes de touristes, des bandes d'adolescents et des grappes de supporters, et changer de compagnie dès que le cap suivi divergera par trop du vôtre. Cet exercice développe la plasticité, mais également les capacités de suggestion. Pour le mener à bien, le conjuré devra en effet être capable, par quelques détails, de signifier son appartenance à un sous-ensemble, puis à un autre, sans jamais paraître déguisé.

Comme à la danse, c'est le maintien qui compte : le port de tête (ni trop haut, ni trop bas), la démarche (décidée) et, plus généralement, l'attitude. En environnement ouvert, ne jamais traîner ou regarder autour de soi. Marcher droit, prendre les virages d'autorité, même si on ne sait pas où ils mènent.

#9

La conjuration agit sur son environnement comme un précipité : elle ouvre la ville comme l'acide la membrane.

Ils sont une trentaine. Des cadres en rupture de ban, des informaticiens, des intérimaires. Une majorité d'hommes, quelques femmes. Entre vingt-cinq et cinquante ans. Le groupe s'est agrégé sur plusieurs mois, au hasard des rencontres. Certains m'ont observé de loin avant de se décider à me rejoindre, d'autres se sont aveuglément jetés à ma suite. Personne ne semble le regretter. Ils ont brûlé leurs vaisseaux, fermé leurs comptes, résilié leurs baux.

Nous formons une communauté de recueillement, une tribu nomade vivant de cueillette et de larcins. Avec eux, j'escalade les massifs de La Défense et ceux du Front de Seine, et descends dans les égouts et les parkings. Toute notion d'exploit nous est étrangère : devant des serrures trop complexes ou une corniche trop dangereuse, nous renonçons. Cavernicoles, nous restons à couvert dans les anfractuosités du bâti, progressant par reptation et manducation.

Je leur apprends tous mes trucs : le crochetage, le dénuement de fils d'alimentation et l'infiltration par les issues de secours. Ils en inventent d'autres, tel le court-circuitage d'unités technico-logiques.

Parfois, trappes et portes découvrent des oasis : un centre commercial en réfection, un gymnase condamné, une entreprise en liquidation. On s'y installe pour quelques jours, transformant les fontaines décoratives en lavoirs bruissant de mousse et les étagères vides en lits superposés. En faisant sauter une plaque de contreplaqué mal fixée sur une fenêtre, on a ainsi investi l'imposante bâtisse du musée Galliera, dans le XVIe arrondissement, et dormi en désordre dans les galeries de ce palais en réfection (la moindre goutte d'eau résonnait sous les hautes voûtes et le square attenant bruissait toutes les nuits des allées et venues des baiseurs). Un autre jour, tétanisés de froid, on a fracturé la verrière de la Société des Cendres, petite fabrique de traitement de déchets sise rue des Francs-Bourgeois, où l'on s'est réchauffés d'une flambée de meubles dans la grande cheminée de brique. Il y a eu également des nuits dans des ateliers ferroviaires sous la place de l'Europe, ainsi que des bivouacs dans la blanchisserie des Hôpitaux de Paris, boulevard Macdonald (il y avait là-bas des milliers de draps rêches et immaculés que l'on froissait comme on rompt, aux premières gelées, la couche de verglas qui recouvre le trottoir).

Ces stations, bien que nécessaires, me déplaisent car, sédentarisé, chacun retrouve les gestes programmés de sa vie d'avant : les repas à heures fixes, la conversation pour elle-même et la recherche du confort. Je dois parfois précipiter la levée du camp, au risque d'en laisser certains derrière. Je veux que Paris soit notre désert, je nous veux bédouins écoutant, la nuit, le déchirement soyeux des avions, très loin au-dessus des campements.

J'interdis les bagages trop lourds. Chacun n'a le droit qu'à un sac de huit kilos. Pas de livres ni de musique : les boucles d'histoires et de rumeurs proliférant sur notre passage sont la seule distraction autorisée.

Le spectacle qu'offrent nos semblables ne cesse de nous fasciner : leurs gestes absents, leurs regards vides, et ces trajets qu'ils enchaînent chaque jour, toujours les mêmes, comme des spectres aimantés par les lieux de leurs forfaits. À mesure que nous perdons consistance, c'est le reste de l'humanité qui devient fantomatique. Quel drame affreux les condamne à rejouer indéfiniment les mêmes scènes ? Quels ressorts immémoriaux les animent ? On les regarde évoluer comme on observe, sur les lèvres d'un médium, la formation d'un ectoplasme.

On emploie nos soirées à regarder les façades des immeubles, s'absorbant dans la contemplation des fenêtres, essayant de distinguer visages et silhouettes par-delà l'écran des rideaux, plantes en pot et autres cages à oiseaux obstruant la vue. Chacune de ces ouvertures, régulièrement disposées sur toute la façade et pourtant strictement identiques les unes aux autres, finit, à force d'en détailler l'angle et le dessin, par se singulariser, au point que, ayant commencé par observer plusieurs appartements en même temps, allant de l'un à l'autre au gré des mouvements que l'on y décèle, on finit par ne plus s'occuper que d'un seul, se dédiant totalement à l'examen de chacun des événements qui viennent s'encadrer dans la trouée choisie. Au bout de plusieurs heures d'étude immobile, la nuance du rectangle considéré s'étend à la totalité de notre champ de vision, et on ne voit plus, à l'exclusion de toutes les autres teintes de la palette urbaine, que le vert un peu glauque d'une salle de bains carrelée, l'orange adouci d'une chambre à coucher ou la pénombre d'un salon éclairé par les flashes intermittents du téléviseur. Hormis les fumeurs, dont on a tout loisir de détailler les visages pendant qu'ils soufflent la fumée de leur cigarette aux balcons, les traits des occupants nous restent inconnus : ils s'appuient rarement aux vitres et nous apparaissent soit de dos, leur silhouette délinéée par l'éclat des écrans, soit de profil, leurs membres tronqués par la fenêtre. Cela fait des chorégraphies de segments humains, des sarabandes de torses, de bras et de têtes s'agitant dans l'éclairage domestique puis s'immobilisant dans des poses de statue. Ces saynètes nous paraissent des rituels obscurs, des cérémonies d'accumulation de fluide dont on tente, vainement, de percer le secret en s'usant les yeux à lire, ligne à ligne, étage par étage, chaque immeuble, chaque bâtiment.

Dans les fenêtres apparaît d'abord un fouillis de pieds de lampe, de coussins et de lustres, pris dans la lumière comme des fossiles dans l'ambre jaune. Puis ce sont, çà et là, quelques personnages dont, collectionneurs, presque entomologistes, on admire la variété des poses et des traits : l'un, châle de prière sur les épaules, se tient debout, un petit livre dans la main droite. L'autre, le visage grave et parcouru de lueurs bleutées, pointe une télécommande vers un appareil invisible. Une femme, la tête renversée, passe une minuscule brosse sur ses cils en tenant à hauteur de son visage un miroir circulaire. Des enfants collent leur front, leur bouche contre la vitre. Des silhouettes traversent des pièces, trop vite pour que l'on puisse distinguer leurs traits (on suit malgré tout leur parcours afin de déterminer avec précision l'extension des appartements : la jeune fille qui lit dans la chambre du quatrième s'est-elle volontairement isolée de la famille dînant deux fenêtres plus loin, ou bien vit-elle seule ? L'homme qui se rase au huitième est-il le mari de la femme qui regarde la télévision de l'autre côté du mur, ou simplement son voisin ?). De temps en temps, on aperçoit des groupes, régulièrement disposés autour de tables, et des couples côte à côte, dos à dos, enlacés parfois. Enfin, tapies dans la pénombre, le visage à peine esquissé par l'éclairage urbain, il y a ces figures sans âge qui observent leurs voisins : blanchâtres, immobiles, elles sont notre exact reflet.

Tous, on attend. Mais quoi ? Le spectacle est sans fin, le mouvement, permanent, mais aucun événement repérable ne vient troubler le bourdonnement du quotidien : derrière les fenêtres, les gestes paraissent anodins et les scènes banales, routinières. Ce n'est qu'aux heures de réveil que l'on parvient à capter quelque chose. Pour les dormeurs, la lumière se fait toujours trop tôt, venant, pour quelques secondes, éclairer des scènes de mues inachevées, poses obscènes et visages monstrueux. Et c'est ces moments que l'on vient voler : quand les gens ne s'appartiennent plus. On recherche, avides, les soupirs échappés et les grimaces muettes. Observé pendant des heures, un sujet finit toujours par s'abandonner, offrant, comme un corps progressivement envahi par la jouissance, sa part la plus intérieure. Les visages sont absents, comme retournés, et les membres soudains dressés contre des périls invisibles.

10

L'œuvre de la conjuration est collective. Dans la mesure où il met sa règle en pratique, chacun peut en être considéré comme l'auteur.

Ils ont graduellement abandonné toute prétention à l'individualité. Ils portent indifférement leurs affaires ou celles des autres, et ont jeté leurs derniers effets : livres au fond du sac, trousse à maquillage et carnets de notes. Seul, je continue à parler à la première personne : mon statut de guide justifie, à mes yeux, cet écart de comportement. Mais il n'y a plus rien à guider : le groupe progresse de bâtiment en bâtiment comme un virus informatique et, en voulant à tout prix me maintenir dans une position de surplomb, je ternis ma joie, contiens mon trouble et mesure mon vertige.

Il n'y a plus rien à dire, non plus. Plus d'instants à fixer, de traces à prolonger ou d'indices à décrire : toutes les histoires des autres sont à portée de main, leurs phrases indifféremment de leur bouche aux nôtres. Notre surveillance est totale, notre écoute perpétuelle, et notre impuissance absolue. Chaque information, à peine perçue, est immédiatement oubliée : on préfère au savoir la bienheureuse tétanie de la rumeur.

Il a fallu cesser de dire « je », de marcher en tête, de faire des plans, des phrases, des projets, bref, de regarder par-dessus les épaules des autres. S'amalgamer au groupe. Avancer de conserve, tel un cortège de célébrants encapuchonnés. Pénétrer toujours plus profondément l'épaisseur de la ville, forant sans discrimination murs et cloisons. Abandonner toute initiative : imiter. Refaire sans fin les mêmes gestes, les mêmes parcours, les mêmes stations. Arrêter d'écrire, de penser. Redire les mêmes mots, en perpétuel écho, en éternelle prière. Ne plus juger, qualifier, mesurer. Tout accueillir, tout recevoir.

Couper la ville comme un fruit pour goûter sa pulpe. Ne reculer devant rien. User la trame de Paris jusqu'à la corde, effacer les tracés et délaver les couleurs.

#11

Révolution intérieure, la conjuration est également transfiguration urbaine. Livrée aux conjurés, la ville change en profondeur, même si ces modifications restent souvent imperceptibles aux profanes.

À l'amateurisme des débuts, aux outils improvisés, s'est progressivement substituée une véritable panoplie de monte-en-l'air, un bric-à-brac d'équipements subtilisés au cours de nos raids nocturnes : baudriers dépareillés, cordes de toutes tailles et de toutes longueurs, lames de crochetage, entraîneurs de serrure, scies, pinces et appareils à souder.

Toute la gamme des obstacles urbains et des surfaces construites nous est désormais familière. On sait escalader les façades en verre miroir des bureaux et des sièges sociaux, et celles en béton des immeubles d'habitation. On s'agrippe aux murs en meulière des maisons individuelles, et à ceux en pierre de taille des monuments historiques. On sait descendre dans les cours intérieures, grimper jusqu'aux verrières et ramper sur les toits. Tout nous est passerelle : les échafaudages, les gouttières et les enseignes. Aucun obstacle n'arrête notre circulation.

Les plans, les cartes ne veulent plus rien dire pour nous : la ville qu'ils décrivent n'est plus la nôtre, nous en avons retourné les voies comme les doigts d'un gant. Nos avenues, nos boulevards et nos ruelles passent désormais au milieu des salles de réunion et des chambres à coucher. Notre cité n'a pas de forme fixe : ses artères changent sans cesse et l'on se refuse à en consigner le tracé, préférant, comme les touaregs et les montagnards, mémoriser les points de passage plutôt que d'en faire des dessins que quelques heures suffisent à rendre obsolètes.

Nos journées ne sont plus indexées sur les chiffres en perpétuelle torsion des horloges : nous nous sommes placés hors du temps commun, hors du règne de l'événement. Plus rien ne nous est permanent. Comme un rythme de marée qui s'inverse, nos journées sont devenues silencieuses et nos nuits bruissent de rumeurs.

On flotte dans un bain agité d'incessantes circulations colorées : verts cobalt, blancs veinés de palpitations rouges, oxydes de cauchemar, céruses aveuglantes et orange déformant les visages comme de monstrueuses pestes. On voit les rayons se réfracter à travers les couches de verre et d'eau agglomérées et, sur ces écrans vibratoires, s'offrir ou s'offusquer des nudités exposées.

On croise parfois d'autres groupes : jeunes cambrioleurs aux bras chargés de butin, colleurs d'affiches ou promeneurs en mal de sensations fortes. Notre séduction a raison de certains d'entre eux, mais d'autres, militants de causes diverses, essaient au contraire de nous associer à leurs combats. Sans succès : la seule révolution qui nous préoccupe est celle de nos sens. Nous voulons tout l'espace, et pour nous seuls : le reste ne compte pas.

Nous faisons tout pour passer inaperçus, effaçant nos traces, camouflant chaque brèche d'accessoires postiches ou de cloisons démontables et reconstituant avec un soin de maquettiste les équilibres perturbés et les pièces dérangées. Mais les systèmes de surveillance sont parfois les plus forts. Aux sonneries hurlantes et aux flashes intermittents, aux vigiles, aux chiens et aux patrouilles, aux propriétaires armés ou aux cambrioleurs dérangés, nous n'opposons jamais la moindre résistance : nous fuyons. Éperdument, à toutes jambes, en désordre.

Les citadins ne nous intéressent qu'en tant que spectacle. La ville n'est plus, pour nous, qu'une scène où s'exhibe la présence, un ciel infiniment gribouillé de trajectoires hasardeuses. Seuls les rôdeurs et les vandales ont nos faveurs : on protège les couples s'exhibant sur les boulevards de ceinture, et on prête main-forte aux fauteurs de troubles, n'hésitant pas, si besoin est, à lancer la première pierre, à proférer la première insulte. Si la situation s'envenime, en queue de cortège, en fin de soirée, on exfiltre les perturbateurs vers des repaires de nous seuls connus.

À force d'effraction, nos sens ont acquis une acuité presque insupportable. Désormais, on entend tout : les mensonges, les pleurs étouffés et les moqueries chuchotées. On voit tout : les visages sans apprêt, les coups derrière les portes et l'éclosion brutale des pulsions insoupçonnées. Aucune ombre ne vient obscurcir notre perception : on sait, en dépit de leurs dires, qui sont les victimes et les bourreaux, les dupes et les truqueurs. On sait qui était où, pourquoi et ce qui a été dit, on détient les registres, les transcriptions et les preuves. Plaidoiries et serments n'ont, à nos yeux, pas plus de valeur que ces rideaux transparents qui tentent vainement de nous masquer l'intérieur des appartements : ce ne sont que de simples accidents de transmission. Les discours grésillent, perturbent, assourdissent parfois, mais ne communiquent plus rien. Il n'y a plus rien à dire, seulement à répéter. Jusqu'à l'extase.

12

En diffractant la ville, en faisant varier son rayonnement et ses fréquences, la conjuration déploie toute l'étendue du spectre urbain et ouvre aux sens de nouveaux espaces.

Arrivés par les toits, on remonte un couloir dans la pénombre. La faible lueur verte du panneau « Issue de secours » permet d'envisager la configuration des lieux. Des deux côtés : alignements de portes. Coup d'œil panoramique : sur les battants, ni nom ni fonction. On avance. Quelques mètres plus loin, la lumière s'allume. Immobilisation. Devant nous, des bruits de pas. Reflux en désordre. On les entend approcher. Un homme et une femme. Ils s'arrêtent. Cliquetis de serrure. Flottement. Clac de la porte. Quelques secondes de lumière encore, puis retour de l'obscurité. Soulagement. On repart. On écoute aux portes (les mêmes dialogues de film à plusieurs appartements de distance). D'un coup, la note aiguë de la cabine d'ascenseur. Panique. D'un fébrile glissement de carte de crédit, on ouvre la première porte venue pour s'entasser dans l'entrée d'un appartement. Staccato des respirations. De l'obscurité émergent deux photos encadrées, un meuble à chaussures et un interphone. On attend que disparaissent, sous la porte, les lumières du couloir. Mais elles persistent. Reconnaissance dans l'appartement. On se tient par l'épaule, progressant lentement. À l'oreille, on sent les pièces s'élargir. Du doigt, on fait de la lumière en écartant les rideaux de quelques centimètres. Apparaissent un salon, une salle à manger – canapé, table basse, écran géant. Un bruit nous fige : des pas. Quelqu'un se déplace. Pas de gestes inconsidérés : chacun s'immobilise. Grincement de porte, écoulement, chasse d'eau : on reste suspendus. Frottement mou sur la moquette, lumière dans la cuisine. Nouvel écoulement. Chacun enregistre les détails révélés par les brefs éclats de lumière : place des meubles, organisation générale des pièces. D'un coup, le noir retombe : à la lisière de notre champ de vision, les taches colorées de la persistance rétinienne. Puis le silence. L'individu s'est-il recouché ? Ou bien nous guette-t-il dans la pénombre ? On n'ose bouger, inspirant par petites goulées. L'un de nous finit par se déplier pour se diriger vers la chambre. Il ne revient pas. Tout le monde s'avance. Depuis le seuil, on distingue un grand drap régulièrement soulevé par deux respirations. Magnétisés par la proximité de cette vie pantelante, on s'approche. Soudain, un des dormeurs s'agite. Effrayés, on recule. Sous la porte d'entrée, plus de lumière : on se replie dans le couloir de l'immeuble. Enhardis, grisés, on décide de poursuivre. La deuxième porte d'appartement cède facilement. On s'avance dans le noir. L'espace paraît plus resserré. Sifflement : un chat ! Demi-tour précipité. Manifestement terrifiée, une voix chevrote : « Il y a quelqu'un ? Qui est là ? » On prend garde de ne pas faire claquer le pêne en refermant le battant. Rires étouffés, murmures. La troisième porte est une serrure à trois points : on l'ouvre avec difficulté. Le logement est vaste mais, les fenêtres n'étant pas occultées, on se repère facilement. La première visite est pour la chambre des propriétaires : ils dorment. Sur les tables de nuit, les tubes de somnifères attestent la profondeur de leur sommeil. Les chambres d'enfants sont vides (on palpe tout de même les couettes, au cas où, et on vérifie la salle de bains). Une fois le périmètre assuré, on s'éparpille dans l'appartement. Les mains derrière le dos comme des visiteurs de musée, on examine un à un les polaroïds du gigantesque pêle-mêle trônant dans le salon : sur chaque cliché, les dormeurs, souvent enlacés, posent en maillot de bain, en combinaison de ski ou en bras de chemise sur des bateaux, des terrasses et des plages. D'image en image, on les voit grossir et se rider, sans que ces manifestations de dégradation corporelle altèrent leur sourire. Dans leurs bras, des chiens, des chats et des nourrissons : les leurs ? On retrouve dans les placards certaines des tenues portées sur les photos : une robe à bretelles ou un costume à veste croisée. Mais l'impossibilité de faire la lumière et la présence des dormeurs empêchent d'examiner en profondeur la garde-robe : on peine à distinguer les couleurs et les tailles. Même chose avec le courrier : il faudrait pouvoir être libre de ses mouvements pour lire les lettres empilées dans la corbeille de l'entrée. On ressort de l'appartement, on essaie la porte suivante : par l'entrebâillement, on distingue des occupants blottis sur un canapé devant la télévision. On passe. Le logement voisin est inoccupé. On tire les rideaux, on allume quelques lumières d'appoint. Les meubles sont standard, les livres et DVD posés par terre, les murs nus : manifestement un pied-à-terre de célibataire. On éprouve la fatigue des étoffes, l'usure de la vaisselle, la poussière des recoins. On fait les poches des pantalons, des vestes : ticket de cinéma (séance de 22 h 30, salle de quartier, titre du film indéchiffrable), reçu de carte bleue (18,50 euros au Grill Kitchen, un couvert), kleenex, menue monnaie. On regarde sous le lit, sous les coussins, sous les meubles : rien. On ouvre le courrier : rappels d'impayés, relevés de comptes, reçus de commande (pièces détachées d'électronique et de motos). Du fonctionnel, du courant : pas de preuve de vie. Chacun se met en chasse et décrit à haute voix ce qu'il trouve : l'appartement s'emplit d'une sourde psalmodie d'intitulés et de dates. Sur le bureau, des dossiers de candidature d'emploi et un ordinateur, vite déverrouillé. D'une voix monocorde, on récite la litanie des lettres de motivation, des e-mails et des notifications Facebook : vie sociale de faible intensité, blagues cent fois réexpédiées. Des haltères et des équipements de sport occupent une partie de la chambre : en quelques gestes, on esquisse les positions, on mime l'effort. Sur le matelas, le canapé, on repère les zones affaissées et, dans la salle de bains, les traces laissées sur les tubes et les bouteilles. On cerne l'absent au plus près, on l'évoque comme un esprit défunt. On fait cercle, on se tient les mains, on se tait. On respire avec lui, il évolue parmi nous. C'est son souffle que l'on sent sur notre peau.

13

Le conjuré doit disparaître au monde et à lui-même. Seule l'absence est plénitude.

Aux premiers stades de la conjuration, l'absence n'est qu'effort et contrainte. Ce n'est qu'une fois initié que le conjuré goûtera les premières récompenses de sa disparition. Dans une ville où plus personne ne le reconnaît ni ne l'attend, il jouira de l'infinie liberté de n'être personne. Il attendra, des jours entiers, sur le quai d'une gare, d'un métro, et cette immobilité, loin de lui peser, sera un bienheureux flottement. La vie urbaine cessera, pour lui, d'être succession d'événements pour devenir coulée régulière, lent déploiement de phénomènes infinis, et les séquences du bâti s'unifieront en continuum, nappe aux mille broderies de rues, galeries et couloirs entremêlés.

Son corps lui paraîtra allégé, comme vidé. Il supportera sans effort les longues stations immobiles et les nuits recroquevillé dans quelques mètres carrés. Ses membres cesseront progressivement de peser, soudain fluides comme des manches de vêtements. Mais les sons stridents, les lumières trop fortes lui seront fer rouge, pointe vive, et il devra se déplacer la nuit, parmi les ombres et les silhouettes.

La conjuration lui a donné un nouveau corps : qu'il en éprouve la puissance ! Qu'il l'étire, le torde et le ramasse ! Qu'il le suspende à un balcon, le glisse sous une porte ou le coule dans un trou ! Mais qu'il sache que, aussi extraordinaire que lui paraissent ses nouveaux pouvoirs, ils ne sont rien au regard de ceux qui lui seront conférés s'il persévère dans son engagement. Bientôt, il pourra s'évanouir et traverser les murs. Bientôt, il pourra éprouver l'absence comme un corps solide. Bientôt, il sera proprement *vaporisé*.

14

Les conjurés sont dans la ville comme dans un cloître : leur circulation est prière.

La conjuration sera victorieuse quand l'espace urbain sera, pour ses adeptes, pure sensation. Quand les conjurés percevront les immeubles s'emplir, se vider, et les rues se saturer de trafic. Quand ils écouteront l'air grésiller de messages électroniques et sentiront, comme s'il s'agissait d'une lumière naturelle, les plus infimes variations de l'éclairage urbain. Quand ils découvriront, sur leur langue, le goût du neuf et de l'abandonné. Quand ils entendront sonner les volumes et résonner les parois. Quand toute la ville, enfin, leur passera sur le corps.

Alors ils parcourront les rues à peau découverte, s'incorporant à l'incessant brassage jusqu'à ce que ce soient leurs voix qui crient avec les trains et grincent avec les gonds. Jusqu'à ce que ce soient eux qui réclament, d'un timbre déformé par les traitements synthétiques, l'attention des voyageurs et disent les correspondants occupés, les factures à payer et les virages imminents.

Énonçant les noms, les heures et les lieux, ils nimberont chaque individu d'un halo d'identités et, à la certitude de la présence, substitueront l'enivrante potentialité de la trace.

Ils feront de la ville un infini murmurant. Et la langue elle-même deviendra paysage.

Allez maintenant : allez aussi loin qu'il est possible d'aller. L'espace n'est plus qu'offrande à vos pouvoirs.

Photocomposition Nord Compo
Villeneuve-d'Ascq

CET OUVRAGE
A ÉTÉ ACHEVÉ D'IMPRIMER
SUR ROTO-PAGE
PAR L'IMPRIMERIE FLOCH
À MAYENNE EN SEPTEMBRE 2013

PAPIER À BASE DE
FIBRES CERTIFIÉES

Fayard s'engage pour l'environnement en réduisant l'empreinte carbone de ses livres. Celle de cet exemplaire est de :
1,100 kg éq. CO_2
Rendez-vous sur
www.fayard-durable.fr

Dépôt légal : août 2013.
N° d'impression : 85488.
36-33-3632-1/03
Imprimé en France